僕じゃ、
メですか!!?
は、はい。
いいと思います……?
告白予行練習
ヤキモチの答え
原案／HoneyWorks 著／藤谷燈子 イラスト／ヤマコ

好きってことです!
望月蒼太《もちづきそうた》
高3。映研所属。
あかりに一目ぼれ。

早坂《はやさか》あかり
高3。美術部所属。モテるけれど、天然。
絶対悲しませないし、
毎日だって笑わせてみせます！

告白する勇気なんてない
あかりん今日も可愛《かわい》いな…
好きな人いるのかな
せめて、好きな人に、好きな人がいなければいいのに
いけないことだよねわかってますよ…
もちたー！避《よ》けろよー！
!?
ボゴッ
きっと最低な願い事をしたから罰があたったんだ…！

うおっ 大丈夫かよ…
ぷる
ぷる
やば… 保健室行きだな
ブーーン
ヤキモチがいて、もがいて、楽にさせてくれないよ
君と話したくて、
君を独り占めしたくて

いけー！
早坂さん

心臓鳴りやまないけど、少しの間の我《が》慢《まん》だから…！

5分前のおまじない
いくよ…！
←告白する勇気を出した先には――!?

告白予行練習

ヤキモチの答え

原案／HoneyWorks

著／藤谷燈子

18592

角川ビーンズ文庫

Contents
～もくじ～

本文イラスト／ヤマコ

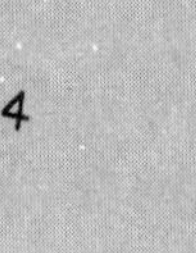

introduction ♥ ～イントロ～

(この入国ゲートをくぐるのも、三年ぶりか……)

七年前に高校を卒業して以来、アメリカから帰国した回数は数えるほどだ。

向こうの大学を出てからも、日本に戻《もど》ってくるのは年末年始だけ。その習慣も、ここ数年は参加中の映像プロジェクトの関係で途絶《とだ》えがちだった。

今回半ば強引《ごういん》に帰って来たのは、幼なじみたちの結婚《けっこん》式に出席するためだ。

(なつきから鬼《おに》のように催促《さいそく》の電話が来るわ、優《ゆう》ともちたからは『黒歴史間違《まちが》いなしのビデオを発掘《はっくつ》!　公開されたくなければ取りに来られたし』なんてメールがくるわ……)

もともと出席するつもりでいたが、式の前後にも時間をとるようにと念を押されていた。

三人が結託《けったく》し、しつこいくらいに連絡してきた理由はわかっている。

帰国しても家族以外には連絡《れんらく》をとらず、彼らに会おうとしなかったせいだ。

（……会えなかった、ってのが正しいんだけどな）

サングラスの奥で目を細め、唯一《ゆいいつ》の荷物であるボストンバッグを見る。

ロビーの椅子《いす》に座り中を探《さぐ》ると、それはすぐに姿を現した。

使いこまれた分厚い赤のノートには「桜丘《さくらがおか》高校三年二組　合田美桜《あいだみおう》」と書かれている。

筆跡《ひっせき》と同様に、どのデッサンも丁寧《ていねい》な筆致《ひっち》で世界を切りとっていた。

「真面目《まじめ》っていうか、まっすぐなんだよな……」

もう何度となく眺《なが》めているにもかかわらず、不思議と彼女の作品には飽《あ》きることがない。ページをめくるたびに新鮮《しんせん》な気持ちになり、同時に懐《なつ》かしさが押し寄せてくる。

「……元気にしてるのかな」

彼女とは卒業以来会っていないけれど、思い出すのはいつだってやさしく微笑《ほほえ》む姿だ。

目を閉じると、あざやかに高校時代がよみがえってくる。

自分の気持ちさえままならない、けれどいつだって全力だった日々が。

c h i z u k i

望《もち》月《づき》蒼《そう》太《た》

誕生日／9月3日
おとめ座
血液型／B型

映画研究部所属。
気配り上手で、仲間内では
ツッコまれがち。
あかりが大好きだけど……。

S o t a M o
answer 1
～答え1～

answer 1 ❤ ～答え1～

『話があります。今日放課後、四時一〇分、この教室で待っていてもらえますか？』

移動教室から帰ってきたあかりをつかまえ、蒼太《そうた》は二度目の会話をした。
もっともあかりのほうは無言だったから、会話といえるのかはわからない。
けれど、たしかに蒼太の言葉にうなずいてくれたのだ。

SHRと掃除《そうじ》が終わっても、まだ約束の時間にはならない。
(部室で気持ちを落ちつけてから行こうと思ってたのに、逆効果だったかも)
時計ばかりが気になって、そわそわしてしまう。

あかりに声をかけたあと、授業の内容はちっとも頭に入ってこなかったし、心臓の音がうるさく鳴り響《ひび》いてやまない。

（このままだと、あかりんに告白する前に僕が倒《たお》れそう……）

ブー、ブブー。

「うわあ⁉」

セットしておいたケータイのアラームが鳴り、蒼太は椅子から腰《こし》を浮《う》かせた。

「や、やばい……心臓が飛び出る……」

ケータイを操作する手はぶるぶると震《ふる》えていて、なかなかアラームを止められなかった。

（落ちつけ蒼太、こういうときこそ平常心だ……）

目を閉じ、息を吸って、吐《は》いてを繰《く》り返す。

脳裏《のうり》に浮かぶのは、遠巻きに見てきたあかりの笑顔《えがお》だ。

あの笑顔が蒼太だけに向けられたのは、これまで一回しかなかった。

勇気をださない限り、この先も次の機会が訪《おとず》れることは望めない。

緊張《きんちょう》で冷え切った手で、パシンと両頬《ほお》を叩《たた》く。

（うん、目が覚めた）

時計を見ると、針はまもなく四時を示すところだった。

少し早いが、自分で呼び出しておいて待たせるわけにはいかない。

蒼太は約束の場所、あかりのクラスを目指して歩きだす。

階段を一段降りるたび、廊下《ろうか》を一歩歩くたび、心臓が高鳴る。

ドアの前までたどりついたときには、痛いくらいになっていた。

(もう少し、あと少しの我慢《がまん》だから)

胸に手をあて、いまにも爆発《ばくはつ》しそうな心臓に語りかける。


ちらりと腕時計《うでどけい》を確認《かくにん》すると、四時五分になっていた。

(五分前……)

蒼太はおもむろに拳《こぶし》をにぎり、ワイシャツの上から胸に押し当てた。

いつもは意識なんてしないのに、心臓が緊張と不安と期待と、いろんな感情でうるさいのがわかる。頭だけじゃなくて、ひとは全身で恋《こい》をするみたいだ。

(僕は変わりたい。あかりんに想《おも》いを伝えられるくらい、強くなりたいんだ)

ぎゅっと目をつぶり、蒼太は自分を奮《ふる》い立たせる。

最後にもう一度深呼吸をして、蒼太はドアへと手をのばした。

（いくよ）

普段《ふだん》より重く感じるドアを横にひき、変わるための一歩を踏《ふ》みだした。


（……徹夜《てつや》明けに、真夏の太陽は凶悪《きょうあく》すぎでしょ）

月曜の午前中からサッカーの授業があるだけでも不運なのに、この強烈《きょうれつ》な日差しと暑さだ。

明け方近くまでＤＶＤを観《み》ていた望月《もちづき》蒼太の意識は、すでに遠のきつつあった。

（やっぱ、一本でやめとけばよかったなあ。って、毎回同じ反省してる気がする）

頭ではわかっているのだが、再生ボタンを押したら最後、エンドロールを観るまでテレビの前を離《はな》れることができないのがお約束だ。

とくに昨日の夜は大好きな監督《かんとく》の作品ばかりだったので、食い入るように観てしまった。

長続きする、たったひとつの愛の形は『片思い』。

劇中で登場人物がこのセリフを聞くのは、かなり重苦しいシーンだった。

今の蒼太とは似ても似つかない状況《じようきよう》だったけれど、不思議とストンと胸に落ちてきて、そのまま心の隅《すみ》に居座っている。

（……きっと誰《だれ》にとっても、愛っていうのは気にせずにいられないものだからかな）

我ながら、いい感じにオチをつけた気がする。

暑さと疲労《ひろう》を忘れ、蒼太が満足げにうなずいていると、スパンッとやけに小気味いい音がして、背後から頭をはたかれた。

「もちた、サボってんじゃねえ！」

蒼太がふりかえるまもなく、華麗《かれい》なツッコミをお見舞《みま》いしてくれた相手が叫《さけ》んだ。

声だけでわかる、春輝《はるき》だ。

「デカイ声出すと、体温上がるぞー」

その隣《となり》でなだめる優の声が続き、蒼太はようやく何が起きたのかを理解した。

（しまった、ゴールを見逃《みのが》してた！）

グラウンドを見渡《みわた》すと、みんなが棒立ちになって試合が中断してしまっている。すでにボールはセンターサークルまで戻《もど》っており、ゴールしてから時間が経《た》っているのが見てとれた。

（うわ、僕どれだけボーっとしてたんだろ……）

慌《あわ》てて得点板をめくり、蒼太はコートに向かって勢いよく頭を下げる。

「ごめん！　Aチームに一点、たしかに入れましたっ」

「すんげえ時間差だな、オイ！　ゆっても、この暑さじゃ仕方ねーか」

クラスメイトの三村将広《みむらまさひろ》が、ニカッと笑ってみせる。

「まひろん、やさしいっ」

「けど、次やったら掃除当番交代なー」

「えええ!?　が、がんばりまーす……」

情けなく眉《まゆ》を下げる蒼太の姿に、ドッと笑いが起こる。

クラスメイトのフォローのおかげで、イヤな空気は消えてくれたようだ。

ほっと息をつくと、春輝が鋭《するど》い視線を向けて口を開いた。

「……もちた、無理なら無理って言えよ？」

「でもまひろんも、冗談《じょうだん》で言ってると思うし」

「掃除《そうじ》の話じゃなくて。立ってるのもツライなら、保健室に行けってこと」

「う、うん……」

春輝の気迫《きはく》に圧倒《あっとう》され、蒼太は思わず視線をさまよわせる。

心配してくれているのは百も承知なのだが、弱っているときに春輝の「正論」を聞くと、責められているように錯覚《さっかく》してしまう。口調にも視線にも、圧倒的な自信があふれているように感じられるからだろうか。


「春輝の言う通りだぞ。なんだったら、これからおぶってこうか？」

ネタにするように優が笑うと、少しだけ春輝の瞳《ひとみ》もやわらいだ。

「……やるときは言えよ？　俺が撮《と》る」

「えー？　おまえ、構図にこだわるじゃん。期待にこたえるポーズ何度もとってたら、俺の体力が持たないって」

「ぶは！　ふ、二人そろって、ぺしゃんこかよ……」

想像しておかしくなったのか、とうとう春輝が白い歯を見せて笑いだした。

(さすがだな、優……)

あっというまに話題が変わり、三人の間に流れる空気も軽くなった。

優はその場の状況を読むのが上手《うま》く、人と人のバランスを取るのもお手のものだ。蒼太、春輝、優、夏樹《なつき》の幼なじみ四人組の中でも、クッションのような存在だった。

(だからって、頼《たよ》ってばっかじゃダメだ)

蒼太は深呼吸し、幼なじみ二人をまっすぐ見上げる。

「心配かけて、ごめん。でもホントに、もう大丈夫《だいじょうぶ》だから」

春輝も優もまだ何か言いたげな表情だったが、蒼太は気づかないふりをして続ける。

「審判《しんぱん》は走り回るからキツイって言って、得点係に変えてもらったんだしさ。これくらいは、ちゃんとやらないとでしょ」

「……わかった。大丈夫って言葉、信じてるからな」

「ただし、マジでヤバいときは、すぐに言うように！」

自分の言葉を信頼《しんらい》してくれている二人に力強くうなずき返し、彼らをピッチへと送りだした。

「えっ！　王子様タイプはダメな人？」

(あ、ちょっと涼《すず》しい風が……)

風に乗って、夏樹の声が聞こえてきた。

視線を送ると、テニスコートの端《はし》で談笑《だんしょう》する三人組の姿をとらえた。美桜とあかりはラケットの素振《すぶ》りをしているが、夏樹は完全に話に夢中になっている。

(わっ、あかりんだ！　今日も笑顔《えがお》がまぶしいなあ)

腰《こし》まで届きそうな艶《つや》やかな髪《かみ》に、透《す》き通るように白い肌《はだ》。明るい笑い声と、いつもキラキラと輝いているアーモンド形の瞳が、蒼太の心をつかんで放さなかった。

いや、蒼太に限ったことではない。

早坂《はやさか》あかりは、桜丘高校のアイドル的存在なのだ。

人見知りするところがあるようだが、つっけんどんな態度をとることはない。

クラスメイトで、部活仲間でもある夏樹や美桜のように親しくなった相手には、ヒマワリのような笑顔を見せる。美人なのに気取ったところがないのも、人気の理由だろう。

しかも、あかりは絵画コンクールの賞レースでは常連と呼ばれていた。

芸術的な才能があるからか、独特な感性の持ち主でもあるようだ。いわゆる『不思議ちゃん』枠《わく》に入れられることもあるが、あの笑顔をこっそり遠巻きに拝む男子は後を絶たない。

(僕が話しかけたときは、はにかみ顔をゲットしたわけだけど！)


あれは半月ほど前、夏樹に借りた辞書を返そうと朝一で隣の教室に向かった日のことだ。

ドアの前であかりと鉢合《はちあ》わせになり、思わず足が止まりそうになった。

まるで自慢《じまん》にならないが、それまで直接話したことは一度もなかった。彼女の視界に自分が映っていると思っただけで頭が真っ白になるからだ。

足早に立ち去ろうとしたが、蒼太の目に『それ』が飛びこんできた。

そして気づいたときには、なぜか勝手に口が開いていて——。

『おはよう！　寝癖《ねぐせ》ついてるよ』

驚《おどろ》いた顔で後頭部を押さえるあかりに、蒼太は自分の前髪をつまんでみせた。

『ここ、ぴょこんて跳《は》ねて……ます……』

語尾《ごび》は、ほとんど消え入りそうだった。誰《だれ》としゃべっているのか意識した途端《とたん》、まるでコントのように思い通りに声がでなくなってしまったのだ。

だがそれだけでは終わらない。もっと大きな衝撃《しょうげき》が待っていた。

あかりは寝癖の場所がわかってホッとしたのか、表情をやわらげる。

そして、細くて長い指を口元にあててささやいた。

『ナイショ』

はずかしそうな表情と口調に、蒼太の全身を電流が走り抜《ぬ》けた。

口から何かでそうになり、とっさに手で覆《おお》ってしまう。赤く染まった顔がゆるみ、もごもごと口の中で、とてもあかりには聞かせられない言葉をつぶやいた。

(ずるい！　なんなんだ、あの可愛《かわい》い生きものは⁉　あかりんだよ、あかりーん！)

いまも思い出すだけで、心臓がうるさいくらいに脈打つ。

とはいえ、あれ以来、あかりと面と向かって話せたことはない。

せっかくのきっかけを次につなげることができず、また遠くから見守るだけに逆戻《ぎゃくもど》りだ。

（でも、僕にとっては大きな一歩に間違《まちが》いないし！）

うなだれていた顔を上げると、必死にボールを追いかけている綾瀬恋雪《あやせこゆき》の姿が目に入る。

同じクラスの彼は運動が苦手なようで、体育の授業で、自分から積極的に試合に参加するタイプではなかった。それが最近、ピッチを全力疾走《しっそう》する姿をよく目にする。

（がんばれ、ゆっきー。一方的にだけど、なんか勇気をもらってるよ）

『あかりん』同様、蒼太が親しみをこめて、勝手に心の中で『ゆっきー』と呼んでいるだけで、恋雪と特別仲がいいわけではなかった。クラスこそ一緒だが、こうして体育の授業や掃除の時間くらいしか接する機会はない。

蒼太から見てもわかるのは、恋雪の劇的なビフォーアフターぶりだった。

七月に入った頃《ころ》、彼はガラリと雰囲気《ふんいき》を変えた。一見すると女子のようだった髪を切り、眼鏡からコンタクトにしたのだ。

『あ、綾瀬君？　髪切ったんだー』

廊下《ろうか》ですれ違ったあかりが、そう言って恋雪に笑いかけていた。

ちょうどあかりの後ろを歩いていた蒼太は現場を目撃《もくげき》し、持っていた牛乳パックを握《にぎ》りつぶしそうになったのを覚えている。

あかりが立ち去ったのを確認《かくにん》し、すかさず恋雪に近づいた。

『髪切ったんだね。……で、いま何話してたの？』

『え？　えっと、早坂さんとですか？　望月君と一緒で、髪を切ったんだねって……』

突然《とつぜん》のことに戸惑《とまど》いながらも、恋雪はまっすぐに蒼太を見つめて言った。


ヤキモチで頭が沸騰《ふっとう》していたから、すぐには気がつかなかった。

けれど、長い前髪も、眼鏡もなくなった恋雪と視線がぶつかり、はっと息をのむ。

こんな風に目をあわせて話したことがあっただろうか、と。

(外見だけじゃなくて、ゆっきーは態度から変わったんだ)


恋雪の声を聞くのは、休み時間に夏樹とマンガの貸し借りをしているときくらいだった。

共通の趣味《しゅみ》の話題を楽しそうに話していても、聞こえてくるのは夏樹の声ばかりで、恋雪は相づちをうっているだけ。声はか細く、口数も少ない。

それが蒼太の知っている、恋雪の人物像だった。

ところが外見が変わってからは、自分からあいさつをしてくるし、授業中には手を挙げるようになっていた。もはや別人の域といってもいい。

一部の女子たちからはアイドルのような扱《あつか》いで、よく園芸部の活動中、取り囲まれている姿を見かける。恋雪本人は戸惑っているのがありありわかったけれど、彼女たちにとっては「かわいい!」らしい。

最初の頃は、蒼太も「高校デビューにしては遅《おそ》く、夏休みには早い」と首を傾《かし》げていた。

だが、すぐに恋雪の変身の理由に気づいた。

彼は夏樹に恋をしているから、自分を変えたのだ。

(……なつきを見るゆっきーの目、あれは絶対そうだよね)

友人に向ける親しみと穏《おだ》やかさにまじり、たしかな熱がこもっている。

実は蒼太も、自分があかりを見るときに同じような視線を送っている気がしていた。

(百人一首にも、そんな歌があったよね。いくら本人は想《おも》いを秘《ひ》めているつもりでも、ふとし

た瞬間《しゅんかん》に顔や表情にでているものだって)

そんな視線を送る人物を、蒼太はもう一人知っている。

夏樹は、優のことが好きなのだろう。

きっと優も同じくらい夏樹に想いを寄せていると蒼太は感じていたが、本人たちは気づけないでいる。二人はつかず離《はな》れず、ただの幼なじみのまま、もどかしい関係を続けていた。

春輝はよく美桜と一緒に帰っているが、二人も彼氏彼女の関係ではないようだ。

それとなく春輝に話をふっても、「あいつとは不思議と気があうんだよな」という答えが返ってくるだけだった。

(……あかりんは……この手の話、聞いたことないんだよね)

あかりに告白して玉砕《ぎょくさい》した男子なら、校内に山ほどいる。噂《うわさ》では、「好きな人いますか?」という質問をぶつけた猛者《もさ》もいたらしい。

そんなとき、あかりは律儀《りちぎ》に考えこみ、小首を傾げて言う。

『さあ、どうなんでしょう?』

背後のテニスコートを見ると、まだ試合の順番が回ってこないようで、あかりたち三人が楽しそうに話を続けていた。

風に乗って聞こえてくる言葉から、おすすめのマンガの話をしているのがわかる。

次第《しだい》に興奮してきたのか、夏樹の声が一際《ひときわ》大きくなった。

「ってことはだよ？　あかりは、好きになった人がタイプってこと？」

（……な、なな、なんてタイムリーな！）

心の中で夏樹を拝みまくり、蒼太は聞き逃《のが》すまいと耳に全神経を集中させる。

少しの間があり、あかりの澄《す》んだ声がやけにはっきりと聞こえてきた。

「そういうことに、なるのかな？」

（ええっ⁉　好きになった人がタイプって、一番攻略《こうりゃく》が難しいじゃないですか……っ）

蒼太は思わず頭を抱《かか》えそうになったが、ふっと気づいて苦笑《くしょう》を浮《う》かべた。

告白する勇気なんて持ちあわせていないくせに、そもそも土俵にすら上がっていないのに、ショックだけは一人前に受けるなんて。

(我ながら、いっそ笑えるなあ。……でも、好きになった気持ちは嘘《うそ》じゃないから)

あかりが自分を好きだったらいいのになんて図々《ずうずう》しいことは願わない。

いまはまだ好きな人がいなければ、それだけでいい。


そこまで考えて、蒼太は再びうなだれた。

分不相応なことは願わないと言い訳しながら、最低なことを願っている。

間違っても、誰《だれ》かに心のうちを聞かれるわけにはいかない。

(……僕って、ちっさいなあ……)

他人と自分を比べても意味がないのはわかっているが、恋雪の行動力を思い起こせば、どうしたって自嘲《じちょう》的な笑《え》みがこみあげてくる。

ピ、ピピーッ！
それ以上考えるのをさえぎるように、ホイッスルが鳴り響《ひび》いた。

第一試合が終了《しゅうりょう》し、次の試合の準備がはじまる。優と春輝が審判《しんぱん》から選手に交代するためにゼッケンを替《か》え、センターサークルに並んだ。

「もちた、早く来いよ！　今日こそ優を負かしてやろうぜ」

「それはこっちのセリフだから。春輝には一本もシュートを決めさせねえよ？」

前哨戦《ぜんしょうせん》をはじめた幼なじみ二人に、蒼太は大きく手をふって応《こた》える。

（……ごちゃごちゃ考えるより、いまは身体《からだ》を動かそう）

無理やり意識を切り替え、太陽に熱せられたピッチへと入っていった。


実力が互角《ごかく》の優と春輝を主力として両チームがぶつかりあい、なかなか点が入らない。

決定打がないまま前半戦が進んでいき、まもなく後半戦に突入《とつにゅう》するところだ。

（おお、またパスカット！　春輝、今日も絶好調じゃん）

ディフェンダーとして後方で守備につく蒼太は、頼《たの》もしい味方の背中に目を輝《かがや》かせる。

迎《むか》え撃《う》つ優も視野の広い動きでカバーしているが、思いがけない動きをする春輝を相手に、手を焼いているのがわかる。

「あかり、そのまま動かないでね……っ」

「なっちゃん、すごーい！」

テニスも次の試合がはじまったようで、あかりの弾《はず》んだ声が聞こえてきた。

彼女とダブルスを組んだ夏樹が、その抜群《ばつぐん》の運動神経を発揮し、上手《うま》いことフォローしているようだ。あかりも夏樹を信頼《しんらい》して深追いせず、息のあったプレイで相手を翻弄《ほんろう》している。

（運動はあんまり得意じゃないみたいだけど、あかりんは手を抜《ぬ》かないんだよなあ）

その一生懸命《いっしょうけんめい》さがまぶしくて、自分の試合をよそに、つい目で追ってしまう。

「もちた、上！　上！」

「おーい、避《よ》けろよー」

「……へっ？　何を？」

春輝と優の声にぼんやりと反応した矢先、それは降ってきた。

「ぐあっ……！」


空を見上げた瞬間、見事にボールが蒼太の顔に飛びこんできた。

鼻に衝撃《しょうげき》が走り、バランスを崩《くず》してその場に尻餅《しりもち》をつく。

目の奥がチカチカして、勝手に涙《なみだ》がでてくる。


（ダサい、さすがにこれはダサい）

周囲からはワッと爆笑《ばくしょう》が巻き起こり、離れたテニスコートにいる女子たちの声も聞こえてきた。

これだけ騒《さわ》がしければ、あかりにも知られてしまったに違《ちが》いない。


（好きな子に見惚《みと》れて、ボール食《く》らうって……）

さすがにゴールを決めることはできなくても、パスをカットするとか、フリーキックを弾《はじ》くとか、もっとそれなりに見せられるシーンがあったはずだ。

（きっと罰《ばち》があたったんだ。好きな人に、好きな人がいなければいいのになんて……）

ますます涙腺《るいせん》がゆるんできて、蒼太は手で目元を覆《おお》い隠《かく》した。

優たちには全部見られていたのか、どことなく明るい声が降ってくる。

「顔面ブロックぐらいで泣くなよ」

横暴にも聞こえるけれど、春輝の真意はわかっている。蒼太が泣いたのはボールが当たって痛いからだと、周りにアピールしてくれているのだ。

「そうそう、ナイスプレイだったぜ！」

優もさりげなくフォローに入り、励《はげ》ましの言葉と一緒《いっしょ》に手を差しのべてくる。

蒼太は一瞬《いっしゅん》迷ったが、素直《すなお》にその手をとることにした。


「……ありがとう」

「気にするなって。にしても、意外と重いな。これは一人じゃ運びきれないかも」

（ん？　運ぶ？）

「……担《かつ》ぐか」

（ん？　担ぐ？）

頭上で繰《く》り広げられる優と春輝の会話に、イヤな予感がする。

たしかめるのも怖《こわ》いが、ここで流してしまってはあとで何をされるかわからない。

これまでの経験が出す警告にしたがって、蒼太は怖々《こわごわ》と尋《たず》ねてみる。

「あの、さ……。運ぶとか担ぐとか、なんの話してる？」

「「もちただろ」」

二人の声がぴたりと重なった瞬間《しゅんかん》、蒼太の身体はふわっと浮《う》かび上《あ》がっていた。

上半身を春輝が、足を優が支え、「ブーン」と効果音をまねた声がする。

（こ、この体勢は！　子どもの頃《ころ》によく遊んだ、飛行機ごっこ!?）


当時はただただ楽しんでいたけれど、いまや蒼太も高三だ。

ぼう然と三人を見守っていたクラスメイトたちが、ドッと笑い声をあげる。

「やべえ、もちた号が運ばれていく」

「アレ、俺にもやってくんね？」

男子のひやかしに、蒼太は唇《くちびる》をかみしめる。

（くっ、おかしな注目を浴びてしまった……）

いたたまれなくなって視線をそらすと、顔面に直撃《ちょくげき》してくれたサッカーボールが、テニスコートのほうまで転がっていくのが見えた。

ようやく回転が止まったボールを、細くて長い指が持ち上げる。

（あ、あかりんんんー!?）

この距離《きょり》だ、目があうはずはない。

頭ではわかっていても、蒼太は反射的に視線をそらす。

もしも彼女の顔に呆《あき》れの色が浮かんでいたら、立ち直れそうにない。

「……あのボール、うらやましい……」

ぽろりと本音がもれた。

未練がましいつぶやきは、誰《だれ》かの耳に届く前に、優と春輝の靴音《くつおと》にかき消される。

そのことにホッとしながら、なんともいえないモヤモヤが胸の辺りに漂《ただよ》う。

（ホント、カッコ悪い……）

午後から天気が崩れるのか、仰《あお》いだ空に入道雲ができはじめている。

青と白のあざやかなコントラストに、むしょうに胸がしめつけられた。

erizawa
answer Z
~答えZ~

♥芹《せり》沢《ざわ》春《はる》輝《き》

誕生日／4月5日
おひつじ座
血液型／A型

蒼太の幼なじみ。
映画研究部所属。
監督としての才能があり、
クールに見えて熱い。

answer 2 ♥ ～答え2～

週明け月曜日も、全国的に容赦《ようしゃ》なく晴れマークが並んでいた。

ここ桜丘高校も猛暑《もうしょ》の影響《えいきょう》を受け、クーラーのない教室は蒸《む》し風呂《ぶろ》のようだ。

(ダメだ、内容が全っ然入ってこない……)

蒼太は手元の文字を追うのを止め、すっかり熱を持った机の上に突《つ》っ伏《ぷ》す。

返却期限《へんきゃくきげん》が迫《せま》っていたので、昼休みは部室で本を読みふける予定だったが、このままでは紙が汗《あせ》で湿《しめ》ってしまうだけになりそうだ。

それでも迷わずこの部室に来たのは、ここが蒼太たちの「城」だからだ。

最上階のつきあたり、物置代わりの教室が映画研究部の部室になったのは、高一の秋。

春輝がひっそりとネットに公開していたショートフィルムに惚《ほ》れこみ、次回作をつくってほしい一心で、蒼太と優は映画研究同好会を立ち上げた。

翌年には、同じくショートフィルムに一目ぼれしたという新入生たちを加え、正式な部活動として認められた。前後して、春輝のフィルムが賞を獲《と》り、学校から少なくない額の部費が出るまでに急成長を遂《と》げていた。

つい最近も、春輝は短編フィルムをどこかのコンペに出品したと言っていたから、近いうちに部室の棚《たな》にトロフィーと賞状が増えることになるだろう。

それだけ春輝の映画を撮《と》る才能は突出《とっしゅつ》していた。

（……僕のシナリオは、どこまで通用するんだろう？）

蒼太は机の上に散らばった紙を見て、もう何度目かになる問いを自分に投げかける。

尋《たず》ねる相手はコンペであり、審査員《しんさ》たちだ。そのためにも作品を完成させなくてはならないとわかっているのに、どうしても最後までたどり着けずにいた。

最初はただ、春輝の新作が見たかっただけだった。

その願いを叶《かな》えるための場として部を設立し、春輝が思い描《えが》く映画を撮るため、「お手伝い」という立ち位置で参加していた。

それが変わったのは、高二の冬、卒業記念に三人で映画を一本撮ることも決めたときだ。

三人三様の好みがあり、テーマ決めは難航した。

最終的に蒼太が提案した恋愛《れんあい》ものでいこうと決めたのは、春輝の鶴《つる》の一声だった。

『まだ撮ったことないし、一度やっておくか』

当初、ハリウッドの大作やコメディ映画が好きな優は納得《なっとく》できない様子だったが、春輝の情熱に押され、首を縦にふっていた。


実際に制作がはじまると、意見の衝突《しょうとつ》が増えていったのは、春輝と蒼太だった。

単館系と呼ばれるようなエッジの効いた作品を好む春輝は、セリフで説明するのを嫌《きら》っていた。画《え》で見せる、感じとってもらうのが信条だという。

対する蒼太はジャンル問わず幅広《はばひろ》く観《み》るタイプで、中でも恋愛ものには目がなかった。お気に入りの作品は、脚本《きゃくほん》集やDVDを買いそろえるようなコレクター気質もある。

とはいえ、映画はファンとして観るもので、撮る側の信条など自分にはないと思っていた。


けれど、春輝と意見を戦わせるうちに、蒼太は自分の想《おも》いに気づく。

恋愛ものが好きなのは「言葉にできない気持ち」が、とくに丁寧《ていねい》に描かれているから。

脚本集まで買うのは、自分でも書いてみたいと思ったからだと。

それもあって、最後のシーンで意見が分かれたときは、真っ向から春輝にぶつかった。

『セリフで説明するとか、ダサいだろ』

『それはわかるよ。でも一番大事な想いは、言葉にしないと締《し》まらないと思う』

蒼太の反論に、春輝は頭をガシガシとかきながら言った。

『好きだの、愛してるだの言わないからこそ、グッとくるんだって』

『そういう見せ方もあるけど、今回はセリフとして聞かせたほうがいいと思うんだ。置き手紙みたいに、ヒロインのもとに彼の言葉が残るように』

優が苦笑《くしょう》して「実はヒヤヒヤしてた」とこぼすくらい、どちらも持論を譲《ゆず》らなかった。

そして長い話し合いの末、ここでも春輝が蒼太の案を受け入れた。

「たしかに俺は言葉をなおざりにしすぎてるかもな」と、屈託《くったく》のない笑《え》みを見せながら。

(ああやって人の意見を潔《いさぎよ》く受け入れられるあたり、監督《かんとく》の器《うつわ》だなって思うよね)

蒼太の提案も本心からだったが、後半は意地になっていたところもある。

けれど春輝は、最初から最後まで「自分の意見」にはこだわっていなかった。

いいものをつくりたいという一心で動く彼には、採用されるのが誰《だれ》のアイデアなのか気にする様子はまるでない。だから自分の意見を通すことに固執《こしつ》しないし、いいと思った案には素直《すなお》に賛成し、ほめることにもためらいがないのだ。


春輝には、自分の求めるものが明確なのだろう。

同時に、揺《ゆ》るぎない自信がある。

誰かの意見を受け入れたとしても、自分の映画づくりには変わらない核《かく》があると。

(僕に足りないのは、たぶんそれなんだ)

一朝一夕《いっせき》で手に入るものではないからこそ、自分のものにできたとき自信に変わる。

そうなったときにはじめて、あかりの前に堂々と立てるのかもしれない。


放課後には、美術部とのミーティングの予定がある。

卒業制作の映画に使う絵を夏樹たちに頼《たの》むことになっていて、三人のうち誰に描いてもらうか決めるためだ。もっとも、それには学校側の許可が必要だったが。

(……チャンスだと思おう。こういうときこそ、『恋《こい》はサメみたいなもので、常に前進してな

いと死んじゃうんだ』の精神だよ)
いつか観た映画の名ゼリフを思い出しながら、蒼太は自分を奮い立たせる。
誰かをうらやんでばかりいるのは、もう終わりにすると決めた。

SHR後、蒼太たちはまっすぐに待ち合わせ場所になっている美術準備室へと向かった。

美術部顧問《こもん》の松川《まつかわ》先生から「審判《しんぱん》」が下されるまで部室にいてもよかったのだが、逆に落ちつかないだろうからと、優と春輝と一緒《いっしょ》に廊下《ろうか》で待つことにしたのだ。

(……いつ答えがわかるんだろう)

この場の誰もがじりじりとした焦燥感《しょうそうかん》に、無言で耐《た》えている。

開け放った窓から入ってくるのは爽《さわ》やかな風ではなく、蝉《せみ》たちの大合唱だ。

「あ、飛行機雲」

数分ぶりに声を発したのは、窓の外を眺《なが》めていた春輝だった。

蒼太も手で太陽を隠《かく》しながら、まぶしい空を仰《あお》ぎ見る。

「空が青いから、くっきり見えるね」

「だろ？　なんかさ、空に白い筆を走らせたみたいだよな」

春輝が同意を求めるように隣《となり》を見たが、対する優は心ここにあらずといった状態だ。

窓の外を眺めてはいるものの、目の前に広がる景色ではなく、何か別のことが頭の中を占《し》めているらしい。春輝と蒼太の視線にも気づかず、物憂《ものう》げなため息をこぼした。


（そういえば、なつきも朝からこんな調子じゃなかったっけ……）

二人は家が隣同士で、よくお互《たが》いの部屋を行き来している。

高校生になってからも、土日のどちらかは一緒に勉強したりゲームをしていると言っていたから、そのときに何かあったのかもしれない。

（きっと外野が下手《へた》にツッコまないほうがいいよね）

ちらりと春輝を見ると、向こうも蒼太に視線を投げかけるところだった。

目があうなり、春輝はやれやれと言いたげに軽く肩《かた》をすくめた。

蒼太は苦笑で応《こた》え、再び窓の外へと向き直る。


しばらくすると、廊下にブーブーとバイブ音が響《ひび》いた。

「あ、なつきからだ」

優の一言に、春輝も蒼太も弾《はじ》かれたようにふりかえる。

じっと息を詰《つ》めて続きを待っていると、すぐに優からガッツポーズが飛びだした。

「……よっしゃ！　松川先生もＯＫしてくれたって」

「マジか！　やったな」

「これでコソコソせずに、絵を描《か》いてもらえるね」

ほっと胸をなでおろす蒼太に、優と春輝も安心しきった顔でうなずく。

美術部顧問から正式に許可が下りたとなれば、絵を描く場所も確保されたことになる。

何より、学校側に隠れて何かをする必要がないというのが大きかった。

(桜丘高校《ウチ》の美術部、入賞常連校って言われてるもんなあ)

とくに、あかりと美桜は、ほぼ一〇〇パーセントの受賞率を誇《ほこ》っている。

春輝に賞を獲った経験があるとはいえ、まだ歴史の浅い部の、それもあかりたちの評価に直接結びつかない活動で時間を奪《うば》うことは簡単には許可が下りないだろうと思っていた。

（なのに学校の許可をとってくれるんだから、松川先生ってやさしいよなあ）

きっと夏樹たちも、美術部の活動と両立するからと口添《くちぞ》えしてくれたのだろう。

ますます気を引き締《し》めて映画づくりに臨《のぞ》まなければと、背筋がのびる。

春輝たちも同じ気持ちだったようで、表情を改めていた。


「映画って、一人じゃ完成しないんだよな」

感慨《かんがい》深げにつぶやいた優に、春輝がいつになく真面目《まじめ》な顔でうなずく。

「観《み》てくれる人はもちろん、こうやって力を貸してくれる人がいる。俺はその人たちのために撮《と》ってるんだ、なんてことは言えねーけど、フィルムを通じて何か返したいとは思うよ」

春輝の口調はおだやかで、気負ったところは感じられなかった。

紛《まぎ》れもない本心で、とってつけた言葉ではないことが充分《じゅうぶん》伝わってくる。


（……春輝の頭の中って、どうなってるんだろう）

心を揺さぶられたように立ち尽《つ》くす蒼太の横で、はっと春輝が息をのんだ。

何かに気づいたのか、眉《まゆ》をひそめ、急に深刻な表情になる。

いったいどうしたのかと身構える優と蒼太を前に、春輝は低い声でつぶやく。

「つか、今日マジで暑くね？」

「……はい？」


言い終わった途端《とたん》、春輝は肩にかけていたバッグを漁《あさ》りはじめた。

優も返事をするタイミングを逃《のが》したようで、ぽかんとした顔で見守っている。

中からでてきたのは、昼間に散々自慢《じまん》された手乗り扇風機《せんぷうき》だった。コンセントやパソコンにつながなくても使えるのがウリだとかで、さっそく電源を入れている。


（これはあれかな。いつもの照れ隠し？）

はじめて賞を獲《と》ったときも、春輝は「映画づくりは趣味《しゅみ》のひとつだ」と言っただけだった。

寝食《しんしょく》を忘れて没頭《ぼっとう》していたにもかかわらず、だ。

春輝という男は、何事も舞台《ぶたい》裏を明かすのはカッコ悪いと思っているし、努力している姿を見せたがらない。もっといえば「努力」だと思っているのは周囲だけで、本人は「あたりまえのこと」としか考えていないのかもしれない。

「……カッコ良すぎでしょ、ホント……」

思わずこぼれた蒼太のひとりごとは、本人の耳にも届いたらしい。

春輝は首を傾《かし》げたが、すぐに「ああ！」と叫《さけ》んで目を輝《かがや》かせた。蒼太の発言をどう受け取ったのか、扇風機を自慢げに掲《かか》げてみせる。

「だろ？　ちょいちょいカスタマイズしててさ、色も自分で塗《ぬ》ったんだよ」

「えっ、赤いのって仕様じゃなかったの？」

素直《すなお》に驚《おどろ》く蒼太に、優が口元をもごもごさせながら続く。

「……もしかしなくても、回転が三倍速いように？」

元ネタのアニメには蒼太も心当たりがあったが、まさかそんなベタなと苦笑《くしょう》する。

だが春輝は、鼻歌でもうたいだしそうな調子で言う。

「正解！」

「「アホだー」」

蒼太と優が声をそろえて笑いだすと、春輝は納得《なっとく》がいかないのか仁王《におう》立ちして訴《うった》える。

「そこはさ、芸が細かいって言ってほめたたえるトコだろ？」

「細かすぎるんだって！　こんなほっそい部品まで塗ったのかよ～」

ふきだし、破顔する優に、春輝も蒼太もつられて笑いだす。

ひとしきり笑い転げると、渡《わた》り廊下《ろうか》のほうから足音が聞こえてきた。

首をめぐらせると、手をふる夏樹の姿が目に入る。

「お待たせ」

「よお。コンクール前で忙《いそが》しいのに、時間もらって悪いな」

「そう思うなら、ジュースくらいおごってよ」


春輝と夏樹の調子はいつものことだが、今日はあかりと美桜もいる。

幼なじみの夏樹とはいまさら遠慮《えんりょ》する仲でもないけれど、あかりたちは違《ちが》う。わざわざ映画研究部のために時間をとってもらうことを考えれば、お礼は当然に思えた。

「あ、そうだよね。気がきかなくて、ごめん……!」

自販機《じはんき》に向かおうとする蒼太の前で、春輝がひらひらと手をふる。

「もちた、いい人すぎだろー。いいんだよ、なつきのワガママなんか聞き流しとけって」

「ほんと、もちたはやさしいなー。でもこういうのは、春輝に任せておけばいいんだよ」

春輝の軽口に夏樹がすかさず応酬《おうしゅう》すると、わざとらしい咳払《せきばら》いがして、優の冷ややかな声が響《ひび》いた。

「春輝もなつきも、いい加減に黙《だま》ろうか。合田と早坂が固まってるぞ」

優の言葉にふりかえると、遅《おく》れてやってきた美桜とあかりが立ち尽くしていた。

春輝と夏樹は幼なじみという関係以上に、悪友と呼ぶのがふさわしいほどウマがあう。口を挟《はさ》むタイミングをうかがうどころか、二人のノリに圧倒《あっとう》されてしまったのだろう。

（……あかりんは、あっけにとられた顔も可愛《かわい》いなあ）

そんな場合ではないとわかっているのに、蒼太はあかりに視線が釘付《くぎづ》けになる。

彼女の動きひとつひとつに鼓動《こどう》が大きく跳《は》ね上がり、どんどん顔に熱が集まっていく。

ふっと誰《だれ》かの視線を感じたが、夏樹の慌《あわ》てた声に意識を引き戻《もど》された。

「ご、ごめん！　二人を立たせたままだったね」

夏樹はいそいそと準備室の鍵《かぎ》を開け、あかりと美桜を部屋へと招き入れた。

優が二人のあとに続いたが、春輝は何かを思い出したように「あっ」と小さく叫ぶ。

「しゃべってたら、マジで喉渇《のどかわ》いたわ。もちた、行こうぜ」

ふりかえった春輝は、自分の顔をあおいでいる。

その仕草に、蒼太はさきほどの視線が春輝のものだったことに気づいた。

ここはありがたく助け船に乗り、態勢を立て直したほうがいいだろう。

(僕の顔があからさまに真っ赤だけど大丈夫《だいじょうぶ》か、って意味だよね……)

誤魔化《ごまか》す必要もないくらい、春輝と優には、蒼太のあかりへの想《おも》いはダダもれだ。

「そ、そうだ、よね！」

(うわあ、めちゃくちゃ声が裏返ってるううう！)

これでは、動揺《どうよう》しているのがバレバレだ。

恐《おそ》る恐るあかりたちへと視線を送ると、女子三人はきょとんとした表情を浮《う》かべていた。

いたたまれなさに背中を押され、蒼太は逃《に》げるように飛びだす。

「あっ、おい、待てよ」

「……まあそういうわけだから、俺たちは先に入ってようか」

自分を追いかけてくる春輝の足音と、場をとりなす優の声を背中に聞き、ほっと息をつく。

だがすぐに、後悔《こうかい》の波が押し寄せてきた。

（あーあ、また頼《たよ》っちゃったよ……）

胸の辺りにぐるぐると渦巻《うずま》く感情の正体はわかっている。

情けなさだ。


「……うう、負けるもんかっ」

「何に？」

いつのまにか横を歩いていた春輝から問いかけられる。

息を切らした様子もなく、普段《ふだん》と変わらず飄々《ひょうひょう》とした空気をまとっている。

（こういうとき『ひとを走らせるなよ』とか言わないんだよね、春輝は。いまのもひとりごとだったのに、からかったりしないしさあ……）


「おーい、聞いてんのか？」

「あ、うん！　えっと、自分に負けないようにと思って」

蒼太の答えに、春輝は器用に片眉《まゆ》を跳ね上げる。

「さては、また小難しいこと考えてるな？」

「え、そうかな。自分に負けないようにって、わりとよくある話じゃない？」

「よくある話だからって、単純、簡単とは限らないだろ？　というか、誰にでも起こりうることのほうがややこしいと思うけどな」


春輝が何を言おうとしているかつかめず、自然と蒼太の足は遅《おそ》くなっていく。

隣《となり》を歩く春輝もゆったりとした足取りで、口調ものんびりしたものになる。

「体験談が多いほど、フツーは解決方法とか回避《かいひ》する方法が出回るだろ？　なのに落とし穴にはまるやつが減らないってことは、それだけ面倒《めんどう》で、複雑な問題なんだよ」

「……ああ、なるほど……」


なんだか重要なヒントがあった気がする。

蒼太は噛《か》みしめるように頭の中で繰《く》り返していると、春輝にぽんっと肩《かた》を叩《たた》かれた。

「だからさ、あんま頭で考えようとしないほうがいいと思うぞー。見切り発車っていうか、感情のままに突《つ》っ走《ぱし》ってみるのもアリなんじゃね？」

蒼《そう》太の脳裏《のうり》に、あまりにも有名なセリフが浮かんだ。

それは春輝のイメージにぴったりで、蒼太にとっては自分に足りないものだった。

「……考えるな、感じろってこと？」

「そう、それそれ！」

春輝はニッと笑って、ばしばしと背中を叩いてくる。

そのノリがなんだかうれしくて、蒼太も春輝の背中を叩き返した。

「痛っ！　もちた、ちょっとは遠慮して叩けよ」

「それはこっちのセリフだから！」


ペットボトルを抱《かか》えて準備室に戻る頃《ころ》には、優が夏樹たちに一通りの説明を終えていた。

「とはいえ、誰より明確なビジョンを持っているのは監督《かんとく》の春輝なんで」

優に促《うなが》され、春輝は「柄《がら》じゃねえ」とぼやきながらも口を開いた。

「恋《こい》を知らなかったヒロインが、主人公と出会うことで、絵に変化が現れるっていう設定なんだ。彼女の繊細《せんさい》で淡《あわ》い心情の変化を、絵を通して観客に訴《うった》えかけたいと思ってる」

話しはじめた春輝の口調は淀《よど》みなかった。

迷いなく言い切る姿は、間違《まちが》いなく「監督」だ。

夏樹たちは圧倒されたように瞬《まばた》きし、お互《たが》いに顔を見合わせた。あかりと美桜もそろって無言で、相づちをうつのも忘れてしまったらしい。

緊張《きんちょう》した空気に気づいた優が、フォローのためか女子三人を見回す。

そのとき、春輝がいきなり質問を投げかけた。


「なあ、恋って何色だと思う？」

（はい、魔球《まきゅう》いただきました！）


蒼太はたまらず心の中で叫《さけ》び、意識が遠のくような気分になる。

どういう思考回路をしているのか、春輝はここぞというときに突拍子《とっぴょうし》もないことを言う。

彼なりに考えがあってのことだと後々わかるのだが、前後の文脈をすっとばすから、みんなついていけないことがほとんどだ。


「へっ？　何色って……」

最初に反応したのは、こういう事態に、三人の中で誰《だれ》よりも慣れている夏樹だった。

しかし夏樹でも、春輝の質問の意図までは汲《く》み取れなかったようだ。春輝への返答も、視線も、真意を探《さぐ》ろうとするものだ。

けれど春輝は、まっすぐに夏樹を見返すだけだった。

(こうなると、答えるまで何も言わないぞ……)

ハラハラする蒼太と同じように、夏樹も春輝のモードに気づいたようだ。

「……ピンク、とか？」

尋《たず》ねられた通り、恋から連想する色を告げた夏樹に、春輝は大きくうなずく。

美桜もその反応に背中を押されたらしく、遠慮《えんりょ》がちに声を発した。

「苦かったり、切なかったりもするから、黒とか青も使うかな」

春輝は今度も興味深げにうなずき、残るあかりを見る。

「じゃあ、早坂は？」

「私は……金色、かな」

あかりの答えを耳にした瞬間《しゅんかん》、蒼太はあまりの衝撃《しょうげき》に息をするのも忘れた。

隣に座る優が「はい?」とつぶやくのが聞こえ、ハッと我に返った。

視線を走らせると、夏樹と美桜もあっけにとられたように動けないでいる。

春輝だけは目を輝《かがや》かせ、机に手をつき身を乗りだした。


「なんでそう思う?」

「キラキラ光ってキレイだけど、放っておくと錆《さ》びちゃうでしょ? 光が強すぎると、まぶしくて見ていられないところも似てる気がする」


錆びるのは金じゃなくて銀だし、どっちにしろ酸化しにくいと思う。

とっさにツッコみそうになり、蒼太は慌《あわ》てて唇《くちびる》を噛む。

我ながら空気の読めない反応だと思ったし、何より春輝の表情を見てしまった。

心の底からうれしそうに笑う、その顔を。


「……へえ、同じこと考えてる奴《やつ》がいるとは思わなかったな」

いまの言葉が決定打だ。

まず間違いなく、あかりに絵を頼《たの》むことになるだろう。

優もそう直感したはずだが、律儀《りちぎ》に手順を踏《ふ》むようだ。

「イメージとしてはそんな感じで……一応、実際の作品を見せてもらってもいいかな」

（ああ、一応って言っちゃった）

優の言葉の端《はし》に現れた動揺《どうよう》に、蒼太は耳ざとく反応する。

夏樹も気がついたらしく、ぴしっと音を立てるように表情が固まった。だが優を責めることもなく、ことさら明るい調子で応じる。

「油絵とかデッサンとか、いくつか種類が違《ちが》うの持ってくるよ」

美桜とあかりもうなずいて、隣の美術室へと消えていく。

（この状況《じょうきょう》、春輝は気まずいなんて思ってないんだろうなあ）

夏樹たちを待つ間も、春輝は興奮冷めやらぬといった様子で目を輝かせている。

一方の優も蒼太と似た心境なのか、複雑そうな表情を浮《う》かべたままだ。

（そうだよね、いまさら実感してきたよね……）

自分たちは単純に「絵を描《か》いてくれる人」を選ぶつもりでいたけれど、実際は「三人の中から、一人だけ」を選ばなければならなかった。

　春輝は自分の作品を審査《しんさ》にかけられることに慣れている分、他人の作品を評価することにも抵抗《ていこう》が薄《うす》いのかもしれない。

　蒼太も出品する側ならなんとか耐《た》えられそうだが、選考する側に回るのは気が重くなる。


（気軽にお願いしちゃったけど、なつきたちは大丈夫《だいじょうぶ》かな）

　美術部員として何度もコンクールを経験しているとはいえ、面と向かって、しかも参加者がお互いに顔をそろえた状態で審査されるのは、はじめてなんじゃないだろうか。

　部活の手伝いだし、審査員は知り合い、賞状が出るわけでもない。それでも三人のうち一人だけが選ばれたら、気まずい思いをさせてしまう可能性が高かった。


（どうしたらいいんだろう？　ここで中止したら、変に思われるだろうし……）

　解決策は思いつかないものの、気づいてしまった以上、見過ごすのはためらわれる。

　せめて優たちに相談しようと椅子《いす》から腰《こし》を浮かせたとき、準備室のドアが開いた。

「お待たせ。机に並べちゃうから、ちょっとどいててもらっていい？」

「わかった。手伝うことあったら言って」

夏樹に反射的に答えてしまい、蒼太は「あっ」と息をのむ。

だが、すでにあとの祭りだ。てきぱきと準備を進めていく夏樹たちを横目に、優たちにならって、おとなしく壁際《かべぎわ》に並ぶしか道は残されていない。


作業用の大きな木工机に、ずらっと作品が並ぶと迫力《はくりょく》があった。

（絵心とかないし、技法がどうのとかはわからないけど……）

ぱっと目を引かれたのは、手前に並べられた色鮮《いろあざ》やかな水彩画《すいさいが》だ。

授業では音楽を選択《せんたく》している蒼太は、夏樹たちの作品にふれる機会は少ない。賞を獲《と》って校内に飾《かざ》られたり、文化祭で展示されたりするのを目にする程度だ。

（それでも誰《だれ》がどれを描いたのかわかる気がするから、不思議だよなあ）


「一番手、榎本《えのもと》夏樹いっきまーす！」

緊張感《きんちょうかん》の漂《ただよ》う中、夏樹が勢いよく名乗りをあげた。

そして蒼太の読み通り、手前の水彩画を自分の作品だと指さした。

「夏樹の絵って、人物の表情がイキイキしてるんだな。俺、こういうの好き」

真っ先に感想を告げたのは、意外にも春輝だった。

夏樹もぽかんと口を開け、それ以外のリアクションをとれないでいる。

その様子を微笑《ほほえ》ましく思いながら、蒼太も続く。

「あとはあれだね、色遣《いろづか》いがいいよね」

「だな。構図もいいし、一枚で完成してるっていうか」

客観的なコメントをしているようで、優の顔は自分のことのようにはにかんでいた。


(わかりやすいなあ。でも、肝心《かんじん》の相手が気づかないんだよねえ)

苦笑《くしょう》まじりに夏樹へと視線を戻《もど》すと、うわずった声が響《ひび》いた。

「す、すごいね！　みんなして、評論家っぽいコメント並べちゃってるねっ」

素直《すなお》にほめられておけばいいのに、夏樹はいたたまれなくなっているようだ。

うれしいけど、困る！

そんな心の声が全身からもれ聞こえてくるようで、蒼太はたまらずふきだした。

優と春輝も同じように笑いだし、夏樹はますます顔を赤くする。

立ち尽《つ》くす彼女に、ふいに春輝が手をのばした。

「素直にほめられとけよ。こんな機会、めーったにないだろうからさ」

わしゃわしゃと少し乱暴な手つきで頭をなでられ、夏樹が「わっ！」と叫《さけ》ぶ。それがきっかけになったのか、金縛《かなしば》りが解けたように口元をゆるめた。

「えぇー？　もっと普段《ふだん》からほめてこーよ！」

(あ、いつものなつきだ)

ほっとしたのが半分、残りはうまい切り返しだなあと感心して、また笑いが止まらなくなっていた。次第《しだい》に本格的な笑い声になり、あかりや美桜にも伝染《うつ》っていった。

さきほどから部屋にはりつめていた緊張感も、一気にやわらいでいくのがわかる。

「……イチャつくのは、そこまでな」

なごやかな空気に、優の低いつぶやきが落とされた。

シャツに絵の具をこぼしてしまったときのように、困惑《こんわく》がじわじわと染《し》みをつくっていく。

「へっ？」

夏樹は発言の意図がのみこめなかったらしく、見事に固まっている。

もう一人の当事者である春輝は、優の気持ちが手にとるようにわかったのだろう。あからさまに「しまった」という顔で眉《まゆ》をひそめた。

突如訪《とつじょおとず》れた気まずい沈黙《ちんもく》を前に、あかりと美桜は困惑したように見守っている。

(こんなときこそ、僕がどうにかしなくちゃ……!)

春輝から夏樹に向けられるのはあくまで幼なじみとしての感情《もの》だが、美桜がカン違いしてしまう可能性もゼロではない。

そんなことになれば、春輝との関係がややこしいことになってしまう。


「じゃ、じゃあ、次は合田さんだね」

力技で、気まずい空気ごと話題を変えた。

夏樹の絵の隣《となり》に並ぶ美桜の作品を眺《なが》めながら「細かい描《か》きこみだね」と感想をもらすと、優と春輝もそれに続き、再び準備室に独特の緊張感が漂いはじめる。

だがほっとしたのも束《つか》の間、今度は春輝が場を凍《こお》らせる一言をもらした。

「なんつーか、表情が硬《かた》くね？」

直前の夏樹への好評価とは打って変わって、美桜の作品に対するコメントは辛辣《しんらつ》だった。まるで遠慮《えんりよ》のない発言に、蒼太はもちろん、優もぎょっとしている。

「それを言うなら、キリッとした感じ？」

「あ、風景画もあるぞ」

慌《あわ》ててフォローを入れてはみたが、春輝の口をついてでたのはさらに痛烈《つうれつ》な感想だった。

「すごく上手《うま》いけど……やっぱなんか、お手本みたいなんだよな」

春輝らしい、率直《そっちょく》な意見だった。

含《ふく》むところがないのは蒼太もよく知っているが、実際にぶつけられるとなると話は別だ。真冬に冷や水を浴びせられたような心地《ここち》になるし、悪気がないからこそつらい。

（マズイでしょ、これは）

うつむいてしまった美桜を、両隣に立つ夏樹とあかりが心配そうに見やっている。

優も面と向かっては非難しないが、じろりと春輝をにらむ。

（女子もいるんだし、ここで言い争いはしないよな……？）

不安げに二人を交互《こうご》に見ると、春輝の視線はすでにあかりの作品に向かっていた。

夏樹と美桜のときとは違《ちが》い、無言で見入っている。

ほかのメンバーも気づき、この場の視線が一枚の絵に注がれていく。

(これ、あかりんがはじめて賞を獲ったやつ!)


机の端《はし》に置かれていた油絵を目にした瞬間《しゅんかん》、蒼太の心臓が大きく跳《は》ねた。

長らく他校や展示会に貸し出されていたため、こうして実物を見るのはひさしぶりだ。

「いつかの桜」というタイトル通り、キャンバスには満開の桜が咲《さ》き誇《ほこ》っている。

まぶしいほどの陽《ひ》の光に照らされながらも、どこか切なさも香《かお》ってくる絵に一目ぼれしたのは、ちょうど二年前のことだった。


当時はまだ帰宅部で、なんとなく入った高校で、なんとなく過ごしていた。

バイトもしない、塾《じゅく》にも通っていない、家に帰ったら好きな映画を観るだけ。そんな代わり映《ば》えしない日々は、波風が立たない代わりに、ぬるま湯につかっているかのようだった。

(でも僕は、この絵に出会った)

夏休みを控《ひか》えた、七月の放課後。

机の中に忘れた課題をとりに戻った帰り、美術室前の廊下《ろうか》を通ったときだ。

赤いリボンと共に「佳作《かさく》おめでとう」という文字が、視界の端に映りこんだ。

全校集会で表彰《ひょうしょう》されていたから、自分と同じ一年生が受賞したのは知っていた。これがそうなのかと何気なくキャンバスを見上げ、感動で息が止まった。


(僕はあかりんの絵に、二目ぼれしたんだよね)

一目ぼれの瞬間は、入学式の日だった。

あかりの笑顔に心をがっつりつかまれて以来、蒼太はずっと目で追いかけてきた。

自分からはとても話しかけられなかったし、式が終わってから夏樹が「可愛《かわい》い子、発見ー！」とあかりに駆《か》け寄っていくときも、その背中を見送っただけだった。


そして彼女は、ただ可愛いだけではなかった。

額縁《がくぶち》の下に飾《かざ》られたネームプレートの「早坂あかり」という文字を見たとき、春輝と似ているなと感嘆《かんたん》した。なんだかんだいって、天は二物も三物も与《あた》えることがあるらしい。

(僕からしたら、二人はスターなんだよね……)

本人はもちろん、あかりと春輝が生みだすものは、天空で輝《かがや》く星に似ている。

いつだって蒼太は、仰《あお》ぎ見るばかりだ。

「いいね」

蒼太を現実に引き戻《もど》したのは、春輝のつぶやきだった。

それからほどなくして、大方の予想通り、あかりに絵の制作を依頼《いらい》することに決まった。

投票制ではなく、春輝監督《かんとく》の意向によるものだ。

指名されたあかりはといえば、人見知りモードが全開になっていた。夏樹の背中から顔をのぞかせる姿に、蒼太はなんとしても自分が保護しなくてはという、謎《なぞ》の使命感に襲《おそ》われる。

「あの、芹沢《せりざわ》君……」

(ふあああ!? あかりん! やばい、かわいい!)

可憐《かれん》な声に、蒼太の中で針が振《ふ》り切れそうになる。

おそらくそのメーターには、「理性」とか「人として大事な何か」と書かれているはずだ。

(呼ばれた相手が僕だったら、もっとうれしかったけど……いや、そんな贅沢《ぜいたく》は言うまい。この光景が間近で見られただけでも、よしとするのだ)

ぐっとこらえて続きを待っていると、あかりが意を決したように一歩前にでた。

「映画の話、もう少し詳《くわ》しく聞かせてもらえる？　でないとヒロインの気持ちがわからないし、絵のイメージが降ってこなくて描《か》けないと思うの」

「イメージが降ってくる、ね。そういうとこも一緒《いっしょ》なんだな」

主語はなかったけれど、春輝の笑《え》みを見ればわかる。感覚を共有しあえていること、そして同じ感性の持ち主に出会えたことをよろこんでいる。


（……スターはスター同士、か）

二人の間に芽生えたものを、恋愛《れんあい》感情に結び付けるのは考えすぎだろう。

だが可能性がないわけではないから、不安にもなる。

（そうなったとしても、僕にはどうすることもできないんだけどさ）


こっそりため息をもらすと、自分以外のものも聞こえてきた。

蒼太はほかのメンバーに悟《さと》られないよう、目線だけで相手を探す。

（ああ、やっぱり……。合田さんも、気になっちゃうよね）

短い前髪《まえがみ》の下で揺《ゆ》れる瞳《ひとみ》は、「友人」二人を映している。

一方が想《おも》い人だとすれば、もう一方はいつかライバルになるのかもしれない。そのときが訪《おとず》れるか確証はないし、一秒後に現実のものになることだってある。

人の気持ちは不確定要素に満ちていて、叶《かな》わないと知りながら願わずにはいられない。

（キミを独《ひと》り占《じ》めできたらいいのに）


ミーティングという名の選考会は、一時間ほどで終了《しゅうりょう》した。

（長かったような、短かったような……）

蒼太にとってたしかなのは、いろんな意味で濃密《のうみつ》だったということだ。

（優も、お疲《つか》れかな）

絵の件が一段落したからといって、まだまだ課題は山積みだ。

部長の優は部室に移るなり、シナリオやスケジュールの変更《へんこう》をはじめた。全体を仕切るため、

いまは工程表とスマホを見比べ、どんぶり勘定《かんじょう》の春輝監督の手綱《たづな》をひっぱっている。

「じゃあ、夏休みに追加で撮影《さつえい》して……あ、なつきからメール来た」

スマホの画面を見せる優に、春輝は「ん」と眉《まゆ》をひそめる。

「次回のミーティングはどうするか？　こっちのイメージはもう伝えたし、とくに顔あわせる必要もないと思うけど。あとは早坂のやりたいようにしてもらって」

投げやりにも聞こえるが、行動を制限されたがらない春輝らしい返事だ。

優もよくわかっているから、あっさりとうなずいた。

「わかった。そこんとこ、なつきに伝えといてもらうわ」

「よろしく」

そう言って席を立つ春輝に、蒼太は思わず声をかけていた。

「今日は合田さん、迎《むか》えに来ないんだね」

「……は？」

春輝の反応は、はっきりと苛立《いらだ》ちを含《ふく》んでいた。

言ってしまった蒼太はもちろん、はたで見ている優もさーっと顔色を失《な》くしている。

「あ、ほら、雨が降ってきたからさ。合田さんが迎えに来ないなら、春輝が早めに行ったほうがいいと思って。雲の色も濃《こ》いし、雨脚《あまあし》が強くなりそうじゃん」

蒼太が慌《あわ》てて弁解すると、春輝は表情をやわらげた。

「この時間までメールがないから、今日はなつきたちと帰るだろ」

「……そっか、うん」

ケータイをのぞきこむ春輝の瞳が切なげで、蒼太はそれ以上の言葉はのみこんだ。

(僕はバカだ。人の心の中まではのぞけないのに……)

あのとき、春輝は何も言わなかったが、ミーティングでのやりとりを気にしていないわけではなかったのかもしれない。美桜を傷つけてしまったと思っているのだろうか。

でも、ならなんで、あんな言い方したんだよ?

傷つけたと思うなら、いまからでも謝りに行けばいいのに。

思うことはいろいろあるが、やはり蒼太は言葉にはしなかった。言いたくても言えないことくらい、誰《だれ》にでもあるだろうから。

蟬《せみ》の鳴き声は雨音に変わり、最終下校時刻まで部室の窓を叩《たた》き続けた。

oguchi

瀬《せ》戸《と》口《ぐち》優《ゆう》

誕生日／7月11日
かに座
血液型／ AB型

蒼太の幼なじみ。
映画研究部所属。
夏樹をめぐって、
恋雪と何かあるようで……？

Yu Set
answer 3
~答え3~

answer 3 ♥ 〜答え3〜

ぽたり、と手の甲《こう》に汗《あせ》が落ちた。

それが合図だったかのように、次第《しだい》に感覚が戻《もど》ってくる。

喉《のど》は渇《かわ》き、太陽に焼かれて全身が熱い。

額に手をのばすと、汗で濡《ぬ》れた前髪《まえがみ》がくしゃりと指に絡《から》みついた。

(やば、意識が飛びかけてたかも……)

蒼太は重怠《おもだる》い頭をふってめまいが起きないように注意しながら、周囲を見渡《みわた》す。

グラウンドにサッカー部の姿はなく、テニスコートも空になっていた。音楽室から吹奏楽部《すいそうがくぶ》の演奏が聞こえてこないことにも気がついて、熱くなった腕時計《うでどけい》を確認《かくにん》する。

(ずいぶん静かだと思ったら、もうお昼か)

追加シーンの撮影のために学校に来たのが、朝の九時。

それから打ち合わせを挟《はさ》んで、カメラを担《かつ》いで校庭に出たのが十時頃《ごろ》だっただろうか。ともかく、その後はひたすら春輝のほしい映像を待っていたのはたしかだ。

春輝はといえば、カメラをのぞきこんだままでいる。

彼の周りだけ時が止まったかのようで、蒼太は声をかけるのも忘れて見入ってしまう。

(一時間を一瞬《いっしゅん》にしか感じなかったなら、その人は実際には一瞬しか年をとらないって聞いたことがあるけど……。春輝を見てると、そうなんだろうなあって思うよね)

幼なじみ四人で蝶《ちょう》を追いかけていた頃から、瞳《ひとみ》の輝《かがや》きが変わらない。

自分がいいなと思ったものを、心が動いたものを、まっすぐに追いかけていく力がある。

(僕はいざっていうときに、全力で走れるかな……?)

高三の夏休みといえば、受験でいうところの天王山だ。

優は国公立の大学を志望していて、予備校の合宿にも参加している。週末に帰ってきても、また別のコースが待っていると言っていたから、夏休みはほぼないのと同じだ。

スケジュールを聞いただけでも蒼太は白目になりかけたが、目指すものがある分、優は迷いがないように見える。それは蒼太が求めてやまない、意志の強さによるものだろう。

（僕も、考えてないわけじゃないんだけどさ……）

歯切れが悪くなる原因には、心当たりがありすぎる。

なんとなく。先生に勧《すす》められたから。保証がほしかったから。

とある大学への指定校推薦《すいせん》を狙《ねら》ったのは、そんなぼんやりとした理由からだ。

周囲も蒼太の志など深く追求してくるわけでもなく、ただ時間が過ぎていくだけだった。

（……いや、明智《あけち》先生は別か）

まずは校内推薦を受けようと書類をとりに向かった職員室で、彼は開口一番に言った。

『望月ってさあ、なんでそんなジジくさいの？』

いつものだるそうな口調だったけれど、からかっているわけではないとわかっていた。

あまり笑わないし、妙《みょう》なところでだらしがなく、決して真面目《まじめ》な人ではない。だが、いつだって直球を投げてくる。そんなところが、春輝と少し似ていた。

（雰囲気《ふんいき》は全然違《ちが》うんだけどね……）

明智先生は進路指導の担当ではないが、蒼太たちにとってよき相談相手だ。

映画研究部の顧問《こもん》で、春輝の兄と同級生ということもあって、ほかの先生よりも身構えずに済む分、本音が話しやすかった。

春輝とはとくに親しく、職員室や廊下《ろうか》で、何かと話しこんでいる姿を見かける。

(なんだかんだいって、明智先生って面倒見《めんどうみ》がいいんだよね)

明智先生から雑用を押しつけられがちな春輝は「俺が！　面倒見させられてんだよ」と言ってきそうだが、蒼太は脚本《きゃくほん》のことでアドバイスをもらうことが多い。

そのときも遠回しに「いまのままじゃ、推薦はもらえないよ」と言われているように感じ、焦《あせ》って聞き返した。


『ジジくさいとダメですか？　じゃなくて、僕のどこが？』

『だっておまえ、老後のことしか考えてなさそうじゃん。指定校推薦を受けるのもいいけど、ちゃんと学科のこととか、教授のこととか調べて言ってる？』

さっそく面接がはじまっているのかもしれない。

蒼太は身構えながら、真面目に見えるように口元を引き締《し》めて言う。

『……そ、それなりに』

『あっそう』

明智先生は興味なさそうにつぶやき、白衣のポケットを探《さぐ》った。担当教科は古典なのだが、なぜか制服のように着こなしている。

ポケットの中からでてきたのは、棒付きのアメだった。

器用な手つきで包装紙をむいたと思ったら、問答無用で蒼太の口の中につっこんできた。

『ふああひひぇんへー？』

『アメちゃんやるから、もうちょっと考えてきな。就職活動するときに潰《つぶ》しが利《き》くようにとか、そんなんばっか計算して選んだ進路じゃ、あとがつらいぞ』

言われた瞬間《しゅんかん》は、見透《みす》かされたという思いと、反発心がわきあがった。

先生がこの先も面倒《めんどう》を見てくれるなら話は別だが、蒼太の人生にとってはあくまでも部外者だ。第一、あとから「言われた通り、夢を追いかけて生きることにしたら失敗しました。責任をとってください」と迫《せま》られても、いい迷惑《めいわく》だろう。

そこまで考えて、はたと気がついた。

明智先生は、それこそが言いたかったのだと。

(自分の人生は自分で責任をとらなくちゃならないんだよな)

だからこそ、後悔《こうかい》しない道を選べと念を押されたのだ。

(春輝に進路の話は聞いたことないけど、きっともう決めてるんだろな)

職員室で明智先生たちと話しこんでいるのを、何度か見たことがあった。

本人はあっけらかんと笑っていて、教師陣《じん》がそろって頭を抱《かか》えていたから、きっと「一般的《いっぱん》ではない」けれど「春輝らしい」道を選んだに違いない。


誰《だれ》に反対されても、たとえ応援《おうえん》してくれる人がいなくても。

春輝なら、間違《まちが》いなく自分の道を行くはずだ。

優は、周囲を説得するだけの力があるし、きっと自信だってある。

(……じゃあ、僕は？　指定校推薦を選んだときも、国文学科を選んだときも、先生や父さんたちの顔色をうかがってなかったって言える？)


「やべぇ！」

蝉《せみ》の声をかき消すように、春輝の声が響《ひび》いた。

あっけにとられた蒼太は、「えっ、えっ」と言葉にならない声しかでてこない。

(何?　何があったの?)

蒼太は飛びだしそうな心臓を押さえながら、猛然《もうぜん》と向かってくる春輝を見る。


「もちた、腹空《す》かねえ?」

「……………ああ、うん、もうお昼だからね」

「マジか!　どうりで」

疲《つか》れたとか、暑いとか、カメラ越《ご》しに世界をのぞいているときは一切《いっさい》口にしないくせに、空腹だけは別らしい。男子高校生として非常に正しい反応に、蒼太は笑いがこみあげてくる。

勝手にこっちが引け目を感じているだけで、春輝だって超人《ちょうじん》なわけじゃない。


「春輝の腹時計は正確だねえ」

「だろ?　なあ、ラーメン食いに行こうぜ。優から割引券、もらってるからさ」

「ホント?　さすが優、気遣《きづか》いができる男!」

「俺たちにモテても、嫌《いや》がるだろうけどな」

「そこをからかうのが、おもしろいんじゃない？」

「でたよ、ブラックもちた……。無邪気《むじゃき》な顔して、意外と言うよな」

「僕、そんな二つ名があったの？　でもどうせなら、もっとかっこいいのにしてよ」

「知るか！」

「あはは！　春輝がお腹《なか》空きすぎて、投げた～」


暗い思考の沼《ぬま》に足を踏《ふ》み入れかけていたことが嘘《うそ》のように、蒼太は自然に笑っていた。

そのことにほっとしながら、軽くなった身体《からだ》で機材へと走る。

カメラを支えていた三脚《さんきゃく》の周囲は、雨が降ったように濡《ぬ》れていた。

（これ、春輝の汗《あせ》だ……）


映画の登場人物たちのように、拳《こぶし》で語り合うことはない。

けれど蒼太は、春輝や優の姿に励《はげ》まされ、這《は》い上がる自分を感じていた。

「優が割引券持ってただけあったな。マジでうまかったわ」

ラーメン屋からの帰り道、春輝と蒼太は満腹以上の興奮を覚えていた。

二人もラーメンは好きだが、優の情熱には敵《かな》わない。

新しい店の開拓《かいたく》、隠《かく》れた名店探しにも余念がなく、これまでも勧《すす》められた店にハズレはなかった。その中でも今回は、最高ランクだ。

「あの券って、通い詰《つ》めないともらえないのかな……？」

蒼太は店内を見渡《みわた》したがそれらしき案内はなく、店員からもとくに説明はなかった。

会計時にポイントカードやスタンプカードのやりとりもなかったから、優がどうやって手に入れたのかが気になっていた。

首を傾《かし》げる蒼太に、春輝がうなずき、説明してくれる。


「らしいな。優が友だちにも紹介《しょうかい》したいって言ったら、特別に二枚くれたんだってさ」

「それってすごくない？　あの店長、職人っぽいっていうか、結構頑固そうだったのに」

「優は人たらしだから」

肩《かた》をすくめ、ニヤッと笑う春輝に、蒼太もつられてふきだす。

「だね。それはそれで、すごい才能だよなあ」

少し人見知りする蒼太には、うらやましいスキルだ。

（春輝も物怖《ものお》じしないし、ああいう店長みたいな玄人《くろうと》に受けがいいっていうか……）


「あっ」


ふいに思い出したように、春輝が短く声をあげた。

蒼太は嫌な予感がして先に話題をふろうと思ったが、相手のほうがわずかに早かった。

「今週はもう、早坂にメールしたのか？」

やっぱりという言葉はのみこんで、蒼太は口をもごもごさせる。

「……ま、まだだけど……」

「おやおやー？　週一で進捗状《しんちょくじょうきょう》況を確認《かくにん》するんじゃなかったのかー？」

（いやいや。それ勝手に決めたの、春輝と優だからね？）

人の悪い顔で笑う立案者に、蒼太は心の中で思いきり舌をだす。

ミーティングの翌日、夏樹を中継《ちゅうけい》地点に優からあかりのアドレスが送られてきたかと思ったら、気がついたときには彼女への連絡《れんらく》係に任命されていた。

春輝とも話はついていると言っていたから、二人で共謀《きょうぼう》したのは間違いない。

(まあ、たしかに？　顔を見て話すよりは、全然スムーズだけどさ。って、まだ一度しかしゃべったことがないけど……)

彼らのお節介《せっかい》、もとい援護射撃《えんごしゃげき》のおかげで、あかりとの関係が一歩前進したのはたしかだ。

このままメールで慣らしていけば、夏休み明けには、顔を見ながら話が弾《はず》むようになるかもしれない。少なくとも、頭が真っ白になって会話できないなんてことにはならないはずだ。

(——なんて思ってた時期が、僕にもありました)

実際、あかりとのやりとりは、なごやかな雰囲気《ふんいき》で続いている。

絵の進捗状況を確認する以外にも、今日は何を食べたとか、どこへ行ったとか、なんでもない話題ものぼるようになっていた。

だが、それはあくまでもメールでの話だ。

「見ててやるから、早く送っちまえよ」

「いいよ、あとで送っとく」

蒼太は苦笑《くしょう》しながらも、少し強めに言い切った。

「……あっそ。んじゃ、さっさと戻《もど》って撮影《さつえい》再開すっか」

それ以上の追及《ついきゅう》はなく、春輝は歩幅《ほはば》を大きくした。

蒼太はあいまいにうなずき、気づかれないように春輝の横顔をたしかめる。こちらの返答を不審《ふしん》がっている様子はないし、むしろ鼻歌でもうたいだしそうな雰囲気だ。

けれど、蒼太は見てしまっていた。

春輝が一瞬《いっしゅん》、怪訝《けげん》そうな表情を浮《う》かべたのを。


(春輝はカンがいいからなあ……)

まだ二人には伝えていないが、正直、あかりの絵の進み具合は芳《かんば》しくない。

夏休みに入ってすぐ、下描《したが》きを終えたところまでは順調だった。それが色を重ねていく段階で、あかりの筆がぴたっと止まってしまったのだ。

蒼太は当初、コンクール用の作品づくりが佳境《かきょう》に入り、映画研究部の依頼《いらい》まで手が回らないのだろうと思っていた。わかっていて割りこんだのは自分たちだ。気にしないでくださいとだけ伝え、詳《くわ》しい状況《じょうきょう》を尋《たず》ねたり、急《せ》かしたりはしなかった。

しかし昨夜、事態は想像よりも深刻だったことを知らされる。

めずらしくあかりのほうからメールが届き、蒼太は中を見る前から浮かれていた。

けれど開封《かいふう》するなり、きれいさっぱり夢見心地《ごこち》から覚めてしまった。


『恋《こい》って、なんでしょうね?』


メールにはたった一文、謎の問いかけが書かれているだけだった。

あかりの詳しい状況はわからないが、蒼太の脳裏《のうり》には春輝の顔がよぎった。幼なじみも作品づくりに詰まると、頭をガシガシとかきながら、似たようなことを言いだすのだ。


『愛ってなんだと思う? 恋とは、どこがどう違《ちが》うんだ?』

『なあ、知ってたか? 恋をすると、脳内でドーパミンとかアドレナリンとかのホルモンが分泌《ぶんぴ》されるんだってさ。それって極論すれば、恋愛《れんあい》は化学反応ってことにならないか?』

『そもそも脳みそが恋に落ちるのか? それとも、どこかにある心?』


目の前にいる自分たちに言っているのか、それとも自身に問い質《ただ》しているのか。

最初の頃《ころ》は蒼太たちも判断に迷い、あいまいに相づちをうったりしていた。だが高二の終わりからは、黙《だま》って見守るようになっていた。

（たぶんあれ、自分の中からあふれちゃった思考を外に流してるんだ）

あかりも、蒼太に「答え」を求めてはいないだろう。

もちろんメールを送ってきたのだから、なんらかの返事がほしいとは思っているはずだ。

だが実際は鏡にしゃべりかけているようなもので、結局のところは自分へと問いかけているにすぎない。たまたまメールを送る相手が蒼太だっただけのことだ。

（なつきに借りたマンガにも、書いてあったよな……）

天才と呼ばれる人たちは、勝手に悩《なや》んで、勝手に答えにたどりつく。

凡人《ぼんじん》がいくら手助けをしようと思っても、かえって邪魔《じゃま》になるだけだ――と。

（あかりんにアドバイスできるのは、春輝だけなのかも……）

同じ感覚を共有できていた彼らなら、それも可能に思えた。

少なくとも蒼太が口を挟《はさ》むよりは、ずっといい結果につながるだろう。

(わかってる。わかってるけど、僕だって何かしたいんだ)

一晩考え、蒼太はお勧めの恋愛映画のタイトルと簡単なあらすじを送ることに決めた。

あかりが恋の何を知りたいかはわからないが、参考になるかもしれないと思ったのだ。


(がんばれ、あかりん……!)

蒼太は雲のできた空を見上げ、心の中でエールを送った。


追加シーンの撮影を終え、編集作業がはじまったところで、夏休みが終わってしまった。

あっという間だった、というのが蒼太の実感だ。

今年は残暑が厳しいこともあって、とくにそう思うのかもしれない。まだまだ暑いのに、暦《こよみ》の上では九月に突入《とつにゅう》したからと、やれテストだ、面接だと追い立てられるのだから。

(しかも卒業まであと半年とか、信じられないし)

映画づくりのために自由に時間を使えるのも、きっといまだけだ。

春輝たちとは進路がバラバラだし、もしかしたら住む場所さえ遠くなってしまうかもしれない。そうなれば、気軽に集まることすら難しくなる。

(ずっと一緒《いっしょ》にバカやってたのに、急に離《はな》ればなれになっちゃってもなあ……)

蒼太がため息をもらすと、横から優に肩《かた》を小突《こづ》かれる。

「もちた、次のシーンにいってるぞ」

「……え？　あ、ごめん」

ひさしぶりに三人がそろった部室で、蒼太は慌《あわ》てて付箋《ふせん》だらけの台本をめくった。

(あ、しまった。さっきのシーンに戻っちゃった)

寝不足《ねぶそく》の頭では、なかなか思うように身体《からだ》に指令が行き届かない。

ちらりと正面に座る春輝を見ると、妙《みょう》なタイミングで台本のページをめくっていた。

編集の相談が書かれたメールが届いたのが昨夜、というか今朝だったから、春輝は自分以上に寝《ね》ていないはずだ。よく見れば、目の下にクマができていた。

映画は撮影すれば終わりではなく、その後の編集作業によって大きく出来が変わる。

編集に関しても、監督《かんとく》である春輝が指揮をとっているが、脚本《きゃくほん》を担当した蒼太と、プロデューサー的な立場の優の三人で意見を持ち寄り、完成させていく。

優は予備校の合宿に参加していたので、いい意味でフィルムとの距離《きょり》があった。より観客に近い立場で、さまざまな視点から意見を出してくれている。映画制作の進行も、もはや優しか全体を把握《はあく》できていないだろう。

「いまの話をまとめると、現段階で撮影《さつえい》できるシーンは全部撮《と》ったことになるな。一応、俺のほうでもフィルムと照らしあわせておくよ」

「……ああ、頼《たの》むわ」

少し掠《かす》れた声で応じる春輝の隣《となり》で、蒼太もぐったりした様子でうなずく。

優はメモをとりながら、思い出したように「あっ」とつぶやいた。

(はいはい、これ僕に質問が飛んでくるパターンだ)

春輝もそうだったように、言いにくいことがあるときの前フリのようなものだ。

こういうちょっとした部分が似たり、相手のクセがわかるのも、幼なじみゆえだろう。

「もちた、早坂の絵ってどうなってる?」

「……それなんだけど……」

「まさか、音信不通とか言わないよな？」

「ちゃんと連絡《れんらく》とってるのか？」

優と春輝が、矢継《やつ》ぎ早《ばや》に質問を飛ばしてくる。

その勢いに押されまいと、蒼太も食い気味に反論してみせた。

「ハイ⁉　さすがにそれはないから！」


蒼太は心外だと眉《まゆ》をひそめるが、二人はお構いなしにツッコミを入れてくる。

「とか言って、ミーティングのときなんか酸欠寸前だったろ？」

「俺が機転を利《き》かせて席を外させなかったら、絶対倒《たお》れてたな」

「そ、その節は、大変お世話になりましたぁー！　でも、マジで今回は大丈夫《だいじょうぶ》。週一で、進捗《しんちょく》具合を確認《かくにん》させてもらってるし」

蒼太はドンッと胸を叩《たた》いてみせたが、内心では声が震《ふる》えていた気がして落ちつかない。

視線もついついさまよってしまって、あっさりと優に見透《みす》かされてしまう。

「なら、なんでマズイみたいな顔してんだよ」

「……それは、だから、その」

再び蒼太がしどろもどろになると、ふいに春輝が指を鳴らした。

「早坂のほうに問題アリってことか」

（うう、やっぱりバレてたんだ……）

いまさら隠《かく》しても仕方がない。蒼太は渋々《しぶしぶ》、事情を明かしはじめた。

「下描《したが》きも済んで、実際に塗《ぬ》りはじめてもらってるんだけど……何かが足りないって言って、仕上げの直前でストップしちゃってる感じ」

どこかで聞いたようなセリフに、優は「それアカンやつや」とうなりながら頭を抱《かか》える。

一方の春輝は腕《うで》を組み、「よくある、よくある」とうなずく。

「ものつくってると、どうしてもそんな瞬間《しゅんかん》があるんだよな」

「しかも、本人が心の底から納得《なっとく》するまで、周囲が何を言っても意味ないっていうね……」

優が暗に春輝のことを告げているのは、すぐにわかった。

だが本人は気づいているのかいないのか、「生みの苦しみだな」と苦い顔になる。

「一応、どこで行き詰《づ》まったのかも聞いたんだけどさ、本人もよくわかってないみたいなんだよね。哲学《てつがく》的な方向に行っちゃったのか、『恋《こい》って、なんでしょうね？』とかあったし」

「あー、本格的にマズイな……」

眉をひそめる優に、蒼太も同調しようとした瞬間、春輝が心底不思議そうに言う。

「何が？」

優にとっても予想外の問いだったらしく、ぽかんと春輝を見返している。

蒼太も驚《おどろ》きのあまり、目を丸くして見つめるしかない。


二人の視線にも気圧《けお》されず、春輝はあっけらかんと言い放つ。

「別に早坂は『なぜ人は生まれてきたのか？』なんて哲学的な意味合いで、『恋ってなんだ？』っていったわけじゃないだろ。単純にわからないから、そういっただけのことで」

「……わ、わかんない。もう一声！」

「もちたは難しく考えすぎなんだよ。いいか？　つまり早坂は恋愛《れんあい》経験がない、以上」


次の瞬間、蒼太はごくりと喉を鳴らした。

春輝の説が正しければ、一番強力なライバルがいないということになる。

あかりに想《おも》いを寄せる男子は多いが、ある意味で彼らと蒼太は同等だ。けれど彼女自身に好きな人がいれば、相当不利な戦いを強《し》いられる。

それが全員同じように希望がないとなれば、少しは勝率が上がる。

（いや、でも、高校生になって初恋《はつこい》がまだとか……ん？　んん!?）


「言われてみれば、僕もあかりんが初恋だ」

気がついたときには、思わずつぶやいていた。

（もしかしたら、もしかする？）

突如《とつじょ》降ってわいた期待で、顔に熱が集まっていくのがわかる。


「もちた、自分で言ったくせに赤くなるなって……。こっちまで照れる」

言いながら手で顔をあおぐ優に、春輝が人の悪い顔で笑う。

「初恋こじらせてる優も、他人《ひと》のこと言えないくせに」

「そういう春輝は、合田とどうなってるんだよ」

「別にどうも？　ただまあ、しばらく一緒《いっしょ》には帰れないとは言われたな」


なんてことない口調だったので、優も蒼太もとっさに反応が遅《おく》れた。

しばらく一緒には帰れない——。

二度、三度と頭の中で繰《く》り返し、その意味に気がついたときには血の気が引いていた。

「……は？　おいおいおい、それって距離を置こうねってことだろ？」

「思いっきり、どうかしてるじゃん！」

「おまえら、リアクション熱いなー」

本心なのか、それとも照れ隠しなのかわからないが、春輝はどこか他人事《ひとごと》のように言う。

蒼太のほうが落ちついていられなくなり、ついあれこれ聞いてしまった。

「春輝が冷めてるんだよ！　それでいいの？　理由は聞いた？」

「ん？　んー、コンクール用の作品制作が佳境《かきょう》だからって言ってたかな」

「じゃあ別に、春輝がどうこうってわけじゃないんだね？　よかったじゃん」

「ったく、人騒《ひとさわ》がせな……」

優もほっと息をついたが、間を置いて「ん？」と首を傾《かし》げた。

「……つーか、春輝と合田ってつきあってないんだよな？」

「あ、それ、僕も聞きたいと思ってた」

反射的に言ってから、蒼太は内心で焦《あせ》りだす。

春輝は相変わらず他人事のような様子で聞いているが、瞳《ひとみ》には苛立《いらだ》ちの色が見えた。

「ふーん……」

春輝はおもしろくなさそうにつぶやくと、優に向かって鋭《するど》い視線を投げて寄越《よこ》す。

「聞いてどうするんだ？　もし俺が、美桜とつきあってるなら……いや違《ちが》うな、なつき以外を好きだって言えば、優は安心するのか？　安心して、それで終わり？」

最初はただ、また厳しいコースの球が飛んできたのだと思った。

半ば好奇心《こうきしん》で美桜とのことを聞いた自分たちに、怒《おこ》っているのだろうと。

けれど、春輝の問いはあらぬ方向から投げこまれていた。

(春輝がなつき以外を好きだって言えば、優が安心するかって……)

もしかしたら優は、春輝を焚《た》きつけるつもりだったのかもしれないが、見事なブーメランを食《く》らってしまった。

優は絶句し、ぼう然と春輝を見つめ返している。

（ここで僕が口を挟《はさ》んでもいいのかな？）

二人の間に流れる空気を読み解くに、何を言っても火に油を注いでしまいそうだ。

だがこのままにしておく気にもなれず、蒼太は深呼吸をする。


「なあ、優」

そっと声をかけると、優は緊張《きんちょう》の糸が切れたように肩《かた》を揺《ゆ》らした。

「難しいことはよくわかんないけどさ、お腹空《なかす》かない？」

「えっ……」

戸惑《とまど》う優の代わりに賛同したのは、さっそく荷物を片づけはじめた春輝だった。

「空きすぎて、胃に穴ができそう。俺、昨夜から何も食べてねーもん」

（よかった。春輝も引き際《ぎわ》をはかってたのかも）

笑いも怒《いか》りも沸点《ふってん》が低い春輝だが、あとにひきずることもない。

ぎこちないリアクションの優とは違い、すっかり切り替えた様子だ。

春輝の視線が、再び優に向けられた。さきほどのような鋭さはなく、口角もあがっている。

「ラーメン、行っとくか！」

「……ついでに新規開拓《かいたく》しとこーぜ。スーパーの裏にできたってさ」

ようやく席を立った優から、とっておきのネタが飛びだした。

「えっ、また新しいとこ見つけたの？　優ってほんと、ラーメン好きだよねぇ」

応じる蒼太もいつもの調子を心がけたが、なんとなくスッキリしないものを感じていた。


『聞いてどうするんだ？　もし俺が、美桜とつきあってるなら……いや違うな、なつき以外を好きだって言えば、優は安心するのか？　安心して、それで終わり？』


あれは春輝なりの仕返しではなく、優にはっぱをかけるための問いかけだったのはわかる。

もし夏樹のことが好きだったなら、春輝の性格上、きっぱりと認めていたはずだ。

(だから、その線はないとして……。なんで、なつきの名前を出したんだろう？　優も優だよね。俺が聞いたのは合田とのことだ、とか言いそうなのに……あ、あれ⁉)


話をそらした春輝に、なぜ優は何も言わなかったのか。

いや、言えなかったのではないか。

（……やばい。野次馬根性、丸出しだ）

蒼太はゆるゆると首をふり、突《つ》っ走っていく考えを頭から追いだした。

二人の間に、目には見えない溝《みぞ》が生まれつつあるのかもしれないが、蒼太にできるのは、黙《だま》って寄り添《そ》うことぐらいだ。

（あんま考えたくもないけど……。本格的に二人が衝突《しょうとつ》するようなことになったら、そのときはちゃんと間に割って入ろう）

自分に強く言い聞かせ、蒼太は優と春輝が待つ廊下《ろうか》へと走った。

♥

真新しいテーブルを囲み、思い思いのラーメンをすする。

どうやらここも当たりだったようで、皆《みな》、箸《はし》の進みが速かった。

蒼太も今朝までの胃もたれが嘘《うそ》のように、ワンタン麵《めん》が腹の中に納まっていく。一番スープがあっさりしていると聞いて選んだメニューだったが、予想以上の美味《おい》しさだ。

(優の醤油《しょうゆ》も、いい匂《にお》いだなあ)

蒼太の向かいに座る春輝はネギ塩、その横では優が正統派の醤油を注文していた。

そしてもう一人、蒼太の隣《となり》には、チャーシュー麺を頼《たの》んだ綾瀬恋雪の姿がある。

ことの起こりは、およそ三〇分前。

蒼太は駅前で恋雪の後ろ姿を見つけ、とっさに追いかけていた。

『ゆっきー！　じゃなくて、綾瀬君！　もしよかったら、一緒《いっしょ》にラーメン食べない？』

『あはは、ゆっきーでいいですよ。ラーメン、ぜひ』

あだ名で呼ぶ仲でも、一緒に寄り道する仲でもない蒼太に、恋雪は笑顔《えがお》で応じてくれた。

いきなりでも誘《さそ》ってよかったとよろこんだ時、難しい顔で突っ立っている優が視界に入る。

人当たりのいい幼なじみがめったに見せることのない態度に、蒼太は思わず二度見してしま

った。

たしかに恋雪は夏樹と親しい男子というポジションにいるが、それだけだろう。恋雪のほうはあきらかに好きという気持ちで夏樹に接していると思うけれど、二人の仲が特別なものに進展したようには見えない。

(むしろ、夏休み明けてからは……ちょっとぎこちないかな?)

夏樹と恋雪は、しょっちゅうマンガの貸し借りをしているが、そのときもどこかよそよそしい空気が流れていた。

そして、二人を見つめる優も、夏樹とは微妙《びみょう》に距離《きょり》をとっているようだった。

(だからって、ゆっきーが来るなら帰るとか言わないよね……?)

不安になった蒼太がふりかえると、バンッと小気味いい音が響《ひび》いた。

仏頂面《ぶっちょうづら》で黙りこくったままの優の背中を、春輝が叩《たた》いたのだ。

『いい機会なんじゃね? 腹割って話せば』

腹を割ってということは、やはり優と恋雪の間で何かあったようだ。

優は全身で渋々《しぶしぶ》だと表しながらも、春輝の言葉にうなずいた。

（でもまあ、それはそれ、これはこれだよな）


蒼太に知らされなかったということは、優は「知られたくなかった」ということだ。

ここで下手《へた》に詮索《せんさく》したり、気を遣《つか》ったりしないほうがいいだろう。

いくら同じ部で、親友で、幼なじみであっても、なんでもかんでも話すわけじゃない。

（春輝は知ってて僕だけ知らないとか、複雑な気もするけどね。……ちょっとだけ）


あらかた食べ終えたタイミングを見計らい、蒼太は恋雪を質問攻《しつもんぜ》めにした。

テーマはもちろん、彼の変身ぶりについてだ。


「へえ！　じゃあ髪《かみ》は、雑誌に載《の》ってた青山のサロンでやってもらってるんだ」

「まずは形からと思って」

「うんうん、美容師さんによって仕上がりが全然違《ちが》うもんね。かっこいいよ、それ」

「中身は変わらないので、限度がありますけど……」

気恥《きは》ずかしそうに、それでいてどこか力なく笑う恋雪に、蒼太は拳《こぶし》をふるって力説する。

「ゆっきーはさ、もっと自信を持っていいと思う。自分を変えられるってすごいことだよ！」

「……は、はあ……」

(あ、やりすぎた？　いきなりなんだコイツって、ひかれちゃったかな)

蒼太の勢いに面食《めんく》らっていたが、感心する気持ちが本物だというのは恋雪に伝わったようだ。

雪解けのようにゆっくりと、恋雪の顔に笑みが浮《う》かぶ。

(……ゆっきー、やっぱ変わったよ)

面と向かってほめられたときに、素直《すなお》に受け止めるのは難しい。照れて誤魔化《ごまか》したり、発言に裏があるのではと疑ったりしてしまう。それは自信のなさの表れだろう。

(春輝なんか、周りから才能あるって言われても、逃《に》げたりしないもんなあ)

『理由はなんにしろ、ああやって自分を変えられるのってスゴイよね』

夏休み直前、窓の外にいた恋雪を見て、まぶしそうに目を細めて言った蒼太に、優は『もちたは、もちたのままでいい』と言ってくれた。

うれしかったけれど、友人のやさしい言葉に甘えたままではダメだとも思っていた。

「……変わりたい、か」

（そうそう、僕も同じこと考えて……ん？）

話しかけられたのではなく、優のひとりごとだった。

急につぶやいた優へと、三人の視線が集中する。

じっと見られていることに気づいた優が、戸惑《とまど》いまじりに言う。

「な、何？　どうかした？」

「いや、優が言ったんじゃん。『変わりたい』って」

蒼太が目線で同意を求めると、春輝もこくりとうなずく。

「だな」

二人のリアクションに、優は目に見えて動揺《どうよう》した。

（しまった、ここは聞こえないふりをしてあげるべきだったのかも……）

どうフォローしようかと言葉を探していると、ふいに恋雪が声をあげた。

「瀬戸口《せとぐち》君でも、そんな風に思うんですね」

恋雪は意外だと言いたそうな口ぶりで、目をまたたいている。

「……思っちゃ悪いのかよ」

「あ、そういう意味じゃなくて……。僕から見たら、瀬戸口君は『持ってる』人なので」

何を持っているのか言わなかったのは、恋雪の計算だったのだろうか。

優も聞き返したりしないから、つい口を挟《はさ》みたくなる。

(いや、それどころじゃないでしょ！ 優、まさかいきなりケンカしたりしないよね……？)

普段《ふだん》はお兄ちゃん気質で温厚《おんこう》だが、夏樹が関《かか》わると話は違う。

その夏樹を挟み、恋雪と優はややこしいことになっている、と蒼太は直感した。

状況《じょうきょう》が状況だけに、恋雪のはぐらかすような返事を聞いて、はたして優はいつも通りの対応ができるだろうか。

蒼太が成り行きにハラハラしていると、ふっと優が苦笑《くしょう》した。

「ありがとう。お礼にチャーシューをわけてしんぜよう」

（よかった！　よくこらえたよ、優！）

心の声のまま叫《さけ》ぶ代わりに、蒼太は話題に乗っかることにする。

「えっ、いいな！　僕もほしい」

「大丈夫《だいじょうぶ》だ、優を崇《あが》め奉《たてまつ》るだけの簡単な仕事だからな」

そこに春輝も続いて、一気にテーブルがにぎやかさを取り戻《もど》した。


「春輝、おまえなあ……。人聞きの悪いこと言うなっての」

「なんにしても、優はもう少し僕たちにやさしくしても罰《ばち》があたらないと思うよ」

「やっぱ『優』だけに？」

「はい、座布団《ざぶとん》二枚没収《ぼっしゅう》～」

蒼太と春輝が悪ノリしている横で、微笑《ほほえ》む恋雪の姿が視界に映る。

まるで空を見上げるときのように、まぶしそうな表情だった。


優も気づいたようで視線を向けると、恋雪が何事かささやいた。

盗《ぬす》み聞きして申し訳ないなと思いつつ、蒼太は二人の会話に耳を澄《す》ませる。

「うん、やっぱり瀬戸口君は持ってますね」

「普段はうるさいだけだけどな」

「……でも、うらやましいです」

（ああ、そういう意味だったのか……）

短いやりとりではあったが、恋雪が優は何を持っていると感じたのかわかった。

優は友だちを「持っている」と、そう言っていたのだ。

そして暗に、自分とは違うと区別していた。


（そんなことないよ。ゆっきーにだって、いるでしょ？）

蒼太はとっさに聞き返したくなったが、すんでのところでのみこんだ。

恋雪の友人関係どころか、彼についてほとんど何も知らないことに気づいたからだ。

さなぎが蝶《ちょう》に羽化《うか》するように変わった恋雪を、蒼太はただ遠くから見て、一方的にあこがれていた。親近感を抱《いだ》いていたけれど、それを伝えることもしなかった。

（……僕はゆっきーに対して、映画を観る観客みたいになっていたんだな）

自分にはできないことができるから、自分と比べたくないから、無意識にスクリーンの向こう側の人物のように思っていたのかもしれない。

（それってたぶん、あかりんに対しても同じだ）

夏樹や美桜とのやりとりを耳にして、彼女を知った気になっていただけ。

いつも彼女を見ているから、やけに親しいように感じているだけ。

全部が全部、蒼太からの一方通行だ。


思いがけず痛みだした心の中で、蒼太は恋雪に話しかける。

（ゆっきー、僕はね、キミと友だちになれたらって思ってるよ）

あかりに声をかける勇気をくれた恩人としてだけでなく、独りよがりな仲間意識を持つのでもなく、お互《たが》いに向き合って話がしたい。


だがその日、蒼太の気持ちを伝える機会は訪《おとず》れなかった。

ラーメン屋をでるとすぐ、恋雪が優だけを呼びとめたからだ。

『瀬戸口君、あと少しだけ僕に時間もらえませんか』

できれば二人でと告げられ、蒼太と春輝はその場をあとにするしかなかった。
残された優が何を話したのかはわからない。
けれど翌日の二人の様子から、何か起きてしまったのは伝わってきた。
優と恋雪の間に生まれかけていた溝《みぞ》が、たった一日で決定的に深まったようだ。
夏樹をめぐる三角形が、正念場を迎《むか》えようとしているのかもしれない。

Ayase
answer 4
〜答え4〜

Koyuki

綾瀬恋雪《あやせこゆき》

誕生日／8月28日
おとめ座
血液型／A型

蒼太のクラスメイト。
園芸部所属。夏樹のマンガ友達。最近イメージを変え、女子から注目を集める。

answer 4 ♥ ～答え4～

（なっちゃんも美桜ちゃんも、どうしちゃったんだろう……）

移動教室から戻《もど》りながら、あかりは人知れずため息をこぼす。

夏休みが明けてからというもの、二人の様子がどこかおかしいことには気づいていた。

心配事でもあるのか、具合が悪いのかと尋《たず》ねても、そのたびに首を横にふる。

だがいま、こうして彼女たちがあかりの隣《となり》を歩いていないのが、何かあったに違《ちが》いないという証拠《しょうこ》ではないだろうか。

（職員室に寄っていくって言ってたけど……。本当は、廊下《ろうか》の向こうに瀬戸口君と芹沢君が歩いてるのが見えたから、とっさに避《さ》けたくなっちゃったんじゃないのかな？）

疑いたくはないけれど、夏樹と美桜のおかしな行動は今日にはじまったことではない。

そして優と春輝のほうも、彼女たちを避けているようだ。

昼休みになると、二人ともすぐに映画研究部の部室へと消えていく。

あかりも最初は、みんな部活が忙《いそが》しいのだろうと思っていた。

たしかにそれもあるのだろうが、夏樹が蒼太とは普通《ふつう》に話しているのを見て気がついた。

夏樹は優と、美桜は春輝と近づかないようにしているのだと。

（いったい何があったんだろう？　私じゃ、二人の力にはなれないのかな……）

知らないうちに力が入ったのか、手元からクシャッという音が鳴る。

我に返ったあかりがプリントをのばしていると、ふいに背後から呼び止められた。


「早坂さん」


よく耳にする声だった。

これまであかりが名前を呼ばれたことはないが、聞き間違《まちが》えるはずはない。

やさしくて、澄《す》んだ声の持ち主は、おそらく彼だ。


「……望月君？」

ふりかえると、そこには予想通りの人物が立っていた。

熱でもあるのか、ほんのり耳まで赤くなっている。

どうかしたのかと問いかけようとしたが、わずかに蒼太のほうが早かった。

「あ、あの……」

よほど言いにくいことなのか、また止まってしまう。

なんだかあかりのほうまで緊張《きんちょう》してきてしまい、そっと教科書を抱《だ》きしめた。

「話があります。今日放課後、四時一〇分、この教室で待っていてもらえますか？」

(二度目の会話だ)

メールは何度も交《か》わしているけれど、こうして面と向かって話すのは緊張する。

あかりは黙《だま》ってうなずくので精一杯《せいいっぱい》だ。

「よ、よかった……。それじゃあ、またあとで」

言うだけ言って、蒼太は走っていってしまった。

事情がのみこめないまま置き去りにされ、あかりはぼう然とその場に立ち尽《つ》くす。

（わざわざ会って話したいってことは、映画の絵のことだよね……？）

落ちつきを取り戻しつつある頭に浮《う》かんだのは、映画研究部に依頼《いらい》された絵のことだった。

夏休みに筆が止まってしまって以来、いまだ完成していない。初恋《はつこい》というテーマを、あかりがつかみきれないでいることが原因だ。

（……放課後までに、ヒントがつかめればいいんだけど……）

再び手元からクシャッという音が鳴り、あかりはハッと拳《こぶし》をゆるめる。

肩《かた》に力が入っていては、思うような線は描《か》けない。

そう自分に言い聞かせて、目の前の教室のドアへと手をのばした。


SHRが終わり、教室が一気に騒《さわ》がしくなる。

あかりは荷物を詰《つ》め終わったカバンに手をのばしかけ、ふっと壁《かべ》時計を見上げた。

約束の時間まで、一時間ちょっとある。

(美術室に行っても、気分が乗ってきたときには時間切れになるかな……)

「あかりちゃん、部活に行こー」

「今日は、えりちゃん先生もいるよ!」

すでに肩にカバンをかけた美桜と夏樹が、席まで迎《むか》えにきてくれた。

あかりはうなずきかけ、首を横にふる。

「……読んじゃいたい本があるから、先に行ってて?」

「そうなの?」

自分の言葉に夏樹が裏を感じているわけなどないとわかっているが、なんとなく落ちつかない。わざわざ見せることもないのに、あかりはカバンから読みかけの文庫本を取りだした。

「返却《へんきゃく》期限、明日《あした》なんだ」

「それじゃあ、急がないとだね」

真剣《しんけん》な表情でうなずいてくれる美桜に、あかりは力なく笑い返す。

（嘘はついてないけど、なんだか申し訳ないな……）

蒼太と待ち合わせしていることを、なぜか二人には言いだせなかった。

自分だけが描くことになった映画研究部の絵の話だから、ということではない。

じゃあなぜだろうと考えても、あかり自身にも答えがわからないままだ。


美術室に向かう二人を見送ってから、あかりは宣言通り読書をはじめた。

ほかのクラスメイトも次々に教室を出ていき、最終章にさしかかる頃《ころ》には一人になっていた。

（もったいないから、あとは家で読もうかな）


ぱたんと本を閉じると、窓からオレンジの光が射《さ》しこんできている。

カーテンは開けられたままで、教室中がやわらかな色に染まっていた。

「……あ、もう四時だったんだ」

椅子《いす》から立ちあがり、あかりは固まった身体《からだ》をほぐそうとのびをする。

本に集中していたおかげで、頭はだいぶスッキリしたようだ。

（教室に残って、正解だったかな）

絵筆を持っても集中できないどころか、そもそもキャンバスにさえ向かえなかっただろう。
むしろ今は、誰《だれ》かの創作物にふれることで、自分で作品を生みだすための何かを刺激《しげき》したい。

キーンコーンカーンコーン、キンコンカンコーン。
チャイムが鳴り、あかりは弾《はじ》かれたように壁時計を見た。
四時五分、あと五分で約束の時間だ。

意識した途端《とたん》、ドッドッと心臓が派手に脈打ちはじめる。
落ちつこうと、あかりはブレザーの上からそっと胸を押さえた。

「えっ」

ガラッとドアが開いたと思ったら、目を丸くした蒼太の姿がそこにあった。
約束よりも早く到着《とうちゃく》したはずなのに、あかりがすでに教室にいたことが予想外で、驚《おどろ》かせてしまったようだ。

ここは、自分から声をかけるべきだろうか。

あかりが口を開けようとした瞬間《しゅんかん》、蒼太の声が響《ひび》いた。


「僕じゃ、ダメですか!!?」


ダメって、何が？

不思議に思いながらも、あかりは反射的に答えていた。

「は、はい。いいと思います……？」

蒼太はあかりの返事に、信じられないとでもいうように目を見開く。

そして、言葉にならない声を紡《つむ》いだ。

「え、え……」

「え？」

あかりには蒼太が何に動揺《どうよう》しているのかわからず、首を傾《かし》げるしかない。

その反応に、なぜか蒼太はぐぐっと眉《まゆ》を寄せる。

（望月君、どうしたんだろう？　何か言いにくいことなのかな……）

混乱と心配のまざった視線を向けると、蒼太は深呼吸し、そして叫《さけ》ぶように言った。

「好きってことです！」

「えっ！」

「だから、好きなんです！」

今度は、あかりが黙る番だった。

（好きって、好き？　望月君が、私のこと、好きってこと？）

告白されるとは夢にも思っていなかったから、あかりは衝撃《しょうげき》で息が詰まった。

蒼太はぐっと拳をにぎり、真っ赤に染まった顔をうつむかせる。

「絶対悲しませないし、毎日だって笑わせてみせます！」

真剣な声で告げられる「約束」に、あかりの鼓動《こどう》はさらに速まっていく。

「お弁当だって、毎日つくってほしいです！」

「え……」

破裂《はれつ》しそうなほど早鐘《はやがね》を打っていた心臓が、急激にペースを落とした。

（お弁当を、毎日……）


顔をあげた蒼太が、様子をうかがうようにあかりを見る。

一秒、二秒と見つめあってから、自分が返事をしなければ何も進まないのだと気がつく。

あかりは遠慮《えんりょ》がちに、正直な気持ちを伝えた。

「毎日お弁当つくるのは面倒《めんどう》くさいので、ヤです」

「ええええ⁉」

蒼太にとっては、かなりショックなことだったらしい。

しゅんとうなだれる姿は、叱《しか》られた仔犬《こいぬ》のようだ。

（お弁当の代わりに、何か……）

慌《あわ》てて頭を回転させると、ふっと名案が浮《う》かんできた。

あかりはパンッと手を叩《たた》き、夏樹や美桜を誘《さそ》う調子で告げる。

「あ。そういえば、駅前に新しいケーキ屋さんができたんです。もしよかったら、いまから一《いっ》緒《しょ》に行きませんか？」

蒼太は固まったまま、まばたきだけを繰《く》り返す。

（もしかして、甘いの苦手だったかな？）

もっといいアイデアを探そうと思ったとき、蒼太がパアッと瞳《ひとみ》を輝《かがや》かせた。

「はい！　行きます！」


夏服から冬服への移行期間が終わり、校内が色鮮《いろあざ》やかになった。

女子はブレザー以外に、黒や紺《こん》、ベージュやグレーのカーディガンを羽織ったり、男子も派手な色のセーターやパーカーを着ている人を見かける。

(私は、芹沢君のセーターが好きかなあ)

映画研究部の部室に向かう春輝の背中を見送りながら、あかりはほうっと息をつく。

(明るい髪《かみ》に、桜の色がよく似合ってるよね)

修学旅行でしか見たことがないけれど、春輝は私服もおしゃれだった。

映画を撮《と》るからか、色彩《しきさい》感覚がいいのかもしれない。


「あか……早坂さん？」

「わあ!?」


ぼうっとしているところに話しかけられ、あかりはびくりと肩《かた》を揺《ゆ》らした。

その反応に、声をかけた蒼太は申し訳なさそうに眉を下げる。

「ごめんなさい、急に……」

「う、ううん！　ええっとね、ええっと……」

何を見ていたのか聞かれる前に、自分から話をふればいいと思ったのだが、肝心《かんじん》の話題が見つからない。必死に頭を回転させるが、でてくるのは「そのー」とか「あのー」だけだ。

だが蒼太は急《せ》かすことなく、あかりを待ってくれている。

「大丈夫《だいじょうぶ》ですよ。ゆっくりで」

その場しのぎではなく、上辺だけでもない蒼太の笑顔《えがお》に、心が軽くなっていく。

同時に、なんだか落ちつかない気持ちになってきた。


(望月君って、こんな顔もするんだ……)

思えば、やさしく笑いかけられたのは今回がはじめてかもしれない。

蒼太は春輝や優、夏樹に対しては表情が豊かだったが、あかりにはいつもどこか緊張《きんちょう》しているような顔が多かった。会話もぎこちなく、二、三往復続けばいいほうだ。


(私もつい緊張しちゃうから、お互《たが》い様《さま》なのかな)

そこまで考えて、あかりは気がついた。

自分は人見知りするが、おしゃべりは好きだし、慣れれば自分からも話しかけられる。

なのに蒼太に対しては、一向に緊張が解けないのはどうしてだろう。

「あの、どこか具合でも悪いんですか？」

「……え？」

すぐそばから声が聞こえ、あかりはびくりと肩を揺らす。

感じの悪い反応をしてしまったと慌てるが、蒼太は「やっぱり」とつぶやくだけだった。

「ぼうっとしてるのは、熱があるからですよね？　なんだか顔も赤いし……」

蒼太の指摘《してき》に、あかりはとっさに大きな声をだしていた。

「え、映画！　見せてもらえるんだよね？」

「へっ？　あ、はい。まだ編集前だからアレですけど、参考になると思うので。でも風邪《かぜ》をひいてるなら、また日を改めてにしませんか？」

「大丈夫！　全然平気だよ」

両手で拳《こぶし》をつくってみせると、蒼太は気が進まない様子ながらもうなずいた。

（望月君は、やさしい）

そんな人から好きだと言われたかと思うと、いまさらながら緊張が高まっていく。

けれど、こうやって他人行儀《たにんぎょうぎ》なままでは、蒼太に応《こた》えられない。

告白への返事は宙に浮いたまま、いまは猶予《ゆうよ》期間のようなものだ。時間をもらった分、しっかり見極《みきわ》め、あかりにとっても蒼太にとっても、誠実な答えを見つけなければ。

（……恋《こい》って、こんなに大変なものだったんだ）

自分の気持ちなのに、つかめるようでつかめない。

そのもどかしさにふりまわされながら、あかりは美術室へと続く階段を降りた。

美術室にはほかの部員もいるので、あかりは隣《となり》の準備室をかりていた。

蒼太が持ってきてくれたノートパソコンを長机に置き、二人並んで制作中の映画を鑑賞する。

映画は、女子高校生の淡《あわ》い恋を描《えが》いていた。

ヒロインが好きになったのは、同じ美術部に所属する、二つ年上の先輩《せんぱい》だった。

部長を務める先輩にふりむいてほしくて一生懸命《いっしょうけんめい》に絵を描《か》くが、思うように筆が進まない。

不振《ふしん》は続き、中学の頃《ころ》は賞の常連だったのに、落選続きになってしまう。

どうしちゃったんだろう？　何がいけないんだろう？

彼女は必死に考え、次第《しだい》にキャンバスから遠ざかっていく。


三月、先輩の卒業が迫《せま》っていた。

このまま想《おも》いを告げられず、一生会えなくなってしまうのだろうか。

そんなのはイヤだと、ヒロインは再び筆をとる。

あふれる想いをキャンバスにぶつけ、卒業式の前日、一枚の絵を描きあげるのだった——。


「あれ、ここまで？」

画面が暗くなり、あかりは横に座る蒼太を見る。

「脚本《きゃくほん》では結末が決まってるんですけど、春輝が絵を見てからがいいって譲《ゆず》らなくて」

「……そっか、そうですよね。ごめんなさい、待たせて」

「ぜ、全然！　急《せ》かしたかったわけじゃないんです、だからあの……っ」

蒼太は真っ青な顔で、両手をぶんぶんとふる。

そのやさしさにふれて、あかりはますます申し訳なくなる。

「絵の具とか、足りないものがあったら言ってください！」

黙《だま》ってしまったあかりをどう思ったのか、蒼太が話題をふってくれる。

だが内容が飛び過ぎて、理解するのに時間がかかった。

「……ええと、美術部のを使うから、大丈夫です」

「あ、なので、美術部のが足りなくなったら、です。買い出しぐらい手伝いたいなって」

「そっか、ありがとうございます」


（望月君は、本当にやさしいなあ）

あの日、放課後の教室で好きだと言われてから、蒼太との会話が増えた。

ケーキ屋さんに行ったり、おすすめのラーメン屋さんを教えてもらったり。少しずつ二人の距離《きょり》が縮まったように思うけれど、お互いに遠慮《えんりょ》し続けている気がしていた。

あれ以来、蒼太から「好きだ」とも「つきあってほしい」とも言われたことはない。

もしかしたら、告白じゃなかったのかもしれないとさえ思う。

（気にはなるけど、改めて聞くのも変だし……）

ちらりと蒼太の横顔を見やると、視線に気がついたのかこちらへと顔を向けた。

目があったのは一瞬《いっしゅん》で、蒼太が椅子《いす》から転げ落ちたのも一瞬だった。

「も、望月君⁉　大丈夫《だいじょうぶ》？」

「ご、ごめん……！」

蒼太は慌《あわ》てて立ち上がり、腰《こし》を折らんばかりの勢いで頭を下げてきた。

謝られる理由はわからないが、少なくとも怪我《けが》はないようだ。

ほっと胸をなでおろしたのも束《つか》の間、「いつまでも僕がいたら、集中できませんよね」と、さらに衝撃《しょうげき》的な発言が放たれる。

「……え？」

なぜいまの流れで、その答えに行きつくのだろう。

あかりにはまったく意味不明だが、蒼太は勝手に納得《なっとく》している。動揺《どうよう》からか顔と耳は赤く染まり、泳ぐ瞳《ひとみ》は一度もあかりを映そうとはしなかった。

（よくわからないけど、誤解をとかなくちゃ……！）

あかりも椅子から立ち上がると、蒼太は「わっ」と小さく叫《さけ》んでドアへと走る。

そして止める間もなく、逃《に》げるように走り去っていった。

「し、失礼しましたあああー！」

廊下《ろうか》から悲鳴のような蒼太の声がこだまし、あかりは目を白黒させる。

「……私、何かしちゃったかなあ？」


何度か繰《く》り返し映画を見たあかりは、むしょうに絵が描きたくなっていた。

だがクロッキー帳を教室に忘れたことに気づき、慌ててとりに走る。

（いまのこの気持ちを、描きとめておきたいのに……！）

「きゃっ⁉」

焦《あせ》るあまり、なんでもないところで足がもつれてしまう。

よろよろと壁《かべ》に手をつくと、階段を降りてくる蒼太と目があった。

「も、望月君……」

(はずかしいところを見られちゃった)

とっさにうつむくと、なぜか蒼太が慌てた声をあげる。

「ち、違《ちが》うんです！　早坂さんを追いかけてきたとかじゃなくて、春輝を捜《さが》してて……っ」

予想したのと違う言葉に、あかりは顔をあげて再び蒼太を見る。

蒼太は顔を真っ赤にして、ぶんぶんと両手をふっていた。


(芹沢君を捜してるって言ってたよね……)

夏樹から聞いた話を思い出し、あかりは「もしかして」と聞いてみる。

「芹沢君、またいなくなっちゃったの？」

「そ、そう！　って、『また』？　もしかして春輝の放浪癖《ほうろうへき》って有名？」

「有名かどうかはわからないけど、私はなっちゃんから聞いたよ。創作に行き詰《づ》まるとふらっと校内を歩き回るところが、あかりにそっくりだって」

だからよく覚えているのだと笑ったが、蒼太はなんともいえない表情を浮《う》かべていた。

「望月君……？」

また気づかないうちに、何かしてしまったのだろうか。

恐《おそ》る恐る声をかけると、蒼太はふっと笑って話しはじめた。

「たしかに早坂さんは、春輝と似てるところが多い気がします。機会があったら、じっくり話してみるのもいいかもしれないですね。天才肌《はだ》同士、わかりあえるんじゃないかな」


あかりは返事に困り、あいまいにうなずいた。

(芹沢君と創作の話ができるのは、うれしいけど……)

言いたいことはわかるが、天才肌と言われるのはひっかかる。

何より、蒼太の笑《え》みにさびしそうな陰《かげ》がちらつくのが気になっていた。


沈黙《ちんもく》が続き、気がつくと教室はもう目の前だ。

(望月君は芹沢君がいなかったら、また別の場所を捜しに行くんだよね？)

自分も手伝ったほうがいいのだろうか。

半歩前を行く蒼太に声をかけようか迷っていると、急に彼の足が止まった。

「おまえは勘違《かんちが》いしてるかもしれないけど、俺はあいつのことが好きなんじゃねぇ……」

聞き間違《まちが》えるはずがない。

堂々としたよく通る声は、春輝のものだった。

(誰《だれ》と一緒《いっしょ》なんだろう……?)

好奇心《こうきしん》が先走り、あかりはつい教室の中をのぞいてしまった。

(……なっちゃん⁉)

あかりは思わず目をこするが、それでも相手は夏樹に違いない。

いま春輝と向かいあっているのは、あかりが想像していた美桜ではなく、なんと夏樹だった。

深呼吸をひとつして、春輝が続ける。

「おまえのことが、好きなんだ」

次の瞬間《しゅんかん》、あかりは足元がぐらつき、肩《かた》がドアにぶつかってしまった。

ガタンッと大きな音が鳴り、教室にいる夏樹と春輝が弾《はじ》かれたようにふりかえる。

「こっちです」

耳元で、ひっそりと蒼太がささやいた。

あかりはうなずいたが、指先ひとつ言うことをきいてくれない。

「……手、かりますね」

蒼太はあかりの様子に気づいてくれたらしく、そっと手をひっぱってくれた。

ドアから離《はな》れ、窓際《まどぎわ》に背を預ける。

教室の中からは死角になったのか、春輝と夏樹は二人に気がついていないようだ。

「……風、かな」

「かもな」

どちらからともなく笑う夏樹と春輝の声を、あかりはぼんやりした頭で聞く。

「ゆっくり、離れましょう」

あかりは黙《だま》ってうなずき、ひっぱられるままに蒼太のあとに続いた。

蒼太の手は見た目よりも骨ばっていて、あかりの手をすっぽりと包みこんでいる。

(男の子の手だなあ……)


ひとつ下の階に降りたところで、おもむろに蒼太が足を止めた。

「ここまでくれば、一安心ですね」

あかりは返事もせず、じっと蒼太の手に見入っている。

蒼太も視線の先に気がついて、「あっ!」と小さく叫んで慌《あわ》てて手を放した。


「あの、その……ええっと……早坂さん?」

うつむくあかりには、蒼太の表情は見えない。

けれど自分を呼ぶ声は、心配そうな響《ひび》きを帯びていた。

(……いつまでも黙ってたら、望月君に迷惑《めいわく》かけちゃう……)

あかりは深呼吸してから顔をあげ、蒼太に笑ってみせる。

「驚《おどろ》いたね。芹沢君は、なっちゃんのことが……」

好きだったんだねと続けようとしたのに、声が詰《つ》まってしまった。

春輝の想《おも》い人が夏樹だというなら、美桜はどうなるのだろう。

「そっか、やっぱり僕のカン違いだったんだ……」

「え？」

蒼太は何かをこらえるような表情で、こちらを見ていた。

なのにあかりと目があうと、無理やり笑みを浮かべてみせる。

(望月君、何をカン違いしてたんだろう？)

告白相手が夏樹だったことならあかりと同じように、春輝の好きな人をカン違いしていたということになる。そうだとしても、なぜ傷ついたような表情を浮かべているのだろう。

「あの、カン違いって……？」

思いきって聞いてみるが、蒼太は苦笑《くしょう》するばかりで答えてはくれない。

言いたくないなら、仕方がない。そう思うのに、なぜか気になってしまう。

（あんまりしつこくしてもよくないけど、でも……）

どう聞けばいいのか迷っているうちに、蒼太がこちらに背を向けた。

「……ごめんなさい。用事を思い出したので、今日は帰りますね」

言うが早いか、返事も待たずに走っていってしまう。

中途半端《ちゅうとはんぱ》に持ち上げたあかりの手は宙に浮き、そのままだらりと落ちた。


一人残されたあかりは、おもむろに天井《てんじょう》を仰《あお》ぐ。

夏樹たちがいた教室は、この辺りだろうか。


「……へんだな、涙《なみだ》がでてきた」


聞く人のいないつぶやきは、ひんやりとした廊下《ろうか》に消えた。

窓の向こうでは、夕陽《ゆうひ》が夜空にとけていく。

瑞々《みずみず》しい夏の空気とは違う、どこか切なくなる秋の夜の匂《にお》いがした。

a y a s a k a

♥早《はや》坂《さか》あかり

誕生日／１２月３日
いて座
血液型／Ｏ型

美術部部長。絵画コンクールの常連。
男子からの人気も高いが、
実は人見知りで、
まだ「恋」を知らない。

Akari H
answer 5
～答え5～

answer 5 ❤ 〜答え5〜

「あら、今日は早坂さん一人なの？」

「…………」

「早坂さーん？　ずっとケータイ鳴ってるよ？」

「……えっ？　わあ⁉」

ふいに背後から肩《かた》を叩《たた》かれ、あかりは思わず筆を床《ゆか》に落としてしまった。

声をかけた松川先生も驚いたようで、目を丸くしている。

「ご、ごめんなさい！　大丈夫《だいじょうぶ》？　スカートにはつかなかった？」

「はい……。すみません、ぼうっとしてたみたいで……」

筆を拾いながら謝るあかりに、先生は苦笑しながら「もしかして」と続ける。

「肩を叩くまで、私の声も聞こえてなかった感じ？」

「そうだったんですか？」

心当たりのないあかりは、素直《すなお》に首を傾《かし》げるしかない。

その様子に、先生はますます苦笑《くしよう》を深くする。

「すごい集中力だけど、一人にしておくのは心配だなあ。今日は、榎本さんと合田さんは？

さっきまで声がしてなかった？」

「なっちゃんは歯医者さんの予約が入ってて、美桜ちゃんは芹沢君と帰りました」


言いながら、あかりは胸が軋《きし》むような錯覚《さつかく》に襲《おそ》われる。

ひさしぶりに春輝と美桜がしゃべっている姿を見られて、うれしいはずだった。これまでの二人のすれ違いは、やはり部活が忙《いそが》しかったからだと、胸をなでおろすつもりだったのに。

あかりは、決定的な場面を見てしまっていた。

(なっちゃんの返事は聞かなかったけど、芹沢君は……)


「……この絵が、映画研究部に頼《たの》まれたやつかな」

いつのまにか松川先生の視線はあかりから外れ、キャンバスに向けられていた。

つられてあかりも、下描《したが》きから進んだ絵を見る。

幾重《いくえ》にも色が重ねられた世界では、学ランを着た男子生徒が窓の外を眺《なが》めていた。

描きはじめたとき、満開の桜を見ているのは少女だったけれど、蒼太に編集中の映像を見せてもらった直後、あかりは下描きを無視して彼を描いていたのだ。

(私が彼女なら、きっとこうしてたと思うから)

ヒロインはもうすぐ、好きな人と離《はな》ればなれになってしまう。

そんな状況《じょうきょう》で描くのは、やっぱり好きな場所で、好きな人をモチーフにした絵だろう。一枚完成させるには、強い想《おも》いが必要だから。

「切ない絵だね」

どれくらい眺めていたのか、松川先生がぽつりと感想をこぼした。

普段《ふだん》は自分の作品についてめったに語らないあかりも、今日はほかに部員がいないことも手伝って、口が動いた。

「……本当はここに、希望も描きたいんです」

めったにないあかりの反応に、先生がわずかに目をみはった。

けれどそれ以上は尋《たず》ねることはなく、「そうね」と相づちが返ってきた。

「だったら、早坂さんが見つけてあげないと」

あかりはとっさに返事ができなかった。

それでもあたたかいまなざしに励《はげ》まされ、掠《かす》れる声で問いかける。

「私にも、見つけられると思いますか?」

「もちろん」


先生の言葉には、たしかな重みがあった。

あかりとは生きてきた年数が違《ちが》うし、受け持った生徒たちが作品と向き合ってきた分の時間も、こめられているのかもしれない。

「……それじゃあ先生は、準備室にひっこもうかな。あんまり遅《おそ》くならないようにね」

「はい。ありがとうございます」

先生が内ドアから隣《となり》の部屋に入っていくのを見送ってから、あかりは木工机に置きっぱなしにしていたケータイを手にとった。

ランプが、チカチカと点滅《てんめつ》している。

確認《かくにん》すると、着信がひとつと留守番電話が入っていた。

「お母さんからだ。どうしたんだろう……？」

再生ボタンを押してすぐ、あかりは留守番メッセージに歓声《かんせい》をあげる。

「わっ、星屋《ほしや》のケーキ買ってくれたんだ！」

夏休み明けにできたばかりだが、駅前という好立地もあって、すでに話題になっていた。

ケーキの評判も、見た目も味も文句なく最高だ。蒼太と一緒《いっしょ》に食べに行ってから、あかりはすっかりファンになっていた。


「よーし、あともう少しだけ描いたら帰るぞー」

「ゆきちゃーん、どこいっちゃったのー？」

「そっちはー？　いたー？」

気合いを入れて拳《こぶし》をあげた瞬間《しゅんかん》、廊下《ろうか》を走る音と、女子たちの焦《あせ》った声が聞こえてきた。

（ゆきちゃんて、綾瀬君のことだよね……？）

夏樹は「こゆき君」と呼んでいたけれど、男女問わず、一部のクラスメイトたちがそう呼んでいることは知っていた。

恋雪本人はそのたびに「こゆきです」と訂正《ていせい》していたから、快く思っていないはずだ。

彼女たちもわかっているはずなのに、呼び名が改まることはない。

(もしかしたら、綾瀬君の外見しか見てないんじゃないのかなあ)


「今日はもう帰っちゃったんじゃない？」

「どうする？　もう一回、花壇《かだん》まで見に行く？」

「や、そこまでは面倒《めんどう》くさい……」


ちょうど美術室の前でたちどまったのか、彼女たちの声は筒抜《つつぬ》けだ。

(なるほど。園芸部の活動を手伝うのは、イヤなんですねえ)

園芸部に所属する恋雪は、放課後になると中庭や校庭の花壇で草木の世話をしている。

そのことを知っている女子たちが、話すきっかけを求めて突撃《とつげき》している姿は、美術室の窓から何度となく見かけていた。

夏休み前には恋雪の作業を手伝うこともあったが、最近は様子が違っていた。

（お手伝いよりも、綾瀬君としゃべりたいんですよね）

恋雪もそれがわかっているからか、姿を隠《かく》すようになったらしい。この前も、彼女たちの声が聞こえなくなった頃《ころ》に、ひっそりと作業に戻《もど》っていくところを見たばかりだ。

おそらく今日も、追いかけっこが終わったあとで部活をはじめるつもりなのだろう。

追う方もあきらめたのか、ぞろぞろと廊下を通り過ぎる足音が聞こえてきた。

その背中を、あかりはドアのガラス越《ご》しに見つめる。

（……あの人たちは、恋じゃないのかな）

夏樹や美桜に比べ、彼女たちの好意は表面的に思えた。

それが恋雪にも伝わっているから、こうして姿を隠してしまうのだろう。

ドアに背を向けようとした瞬間、視界の端《はし》でふわりと何かが揺《ゆ》れた。

（あれ？　あの後ろ姿は……）

廊下の柱から、やわらかそうな髪《かみ》がひょっこりと見えている。

周囲を見回し、一団が去ったのを確認すると、ようやく本人が姿を現した。

（やっぱり、綾瀬君！）

恋雪はジャージに着替《きが》えており、いまから部活に向かうようだ。

（えらいなあ。何があっても、花壇の世話は休まないんだ……）

その背中に、あかりは胸のあたりがあたたかくなるのを感じた。

（なんだか励まされちゃうなあ。……ん？）

恋雪は深呼吸を繰《く》り返すと、ふいに方向転換《てんかん》し、美術室に向かってくる。

ドアのガラス越しに目があい、あかりは思わず「わっ」と小さく叫《さけ》んだ。

「驚《おどろ》かせてしまって、すみません」

「う、ううん……」

会話はそれだけで、恋雪はくるりと背を向けてしまう。

（美術室に用事があったんじゃないのかな……？）

不思議に思い、あかりはドアを開け、再び歩き出した恋雪を呼び止める。

「待って、綾瀬君！　誰《だれ》かに用事があったんじゃない？」

「……榎本さんにマンガを返し忘れてたんですけど、今日はいないみたいなので」

（あ、それでドアの窓から中を見たんだ）

恋雪の腕《うで》の中に大切そうに抱《かか》えられている紙袋《かみぶくろ》が、それだろうか。

あかりは少し迷ってから、お節介《せっかい》を焼くことにする。


「もしよかったら、私が預かっておくよ」

夏休みが明けてからというもの、夏樹と恋雪がぎくしゃくしているのは知っていた。

相変わらずマンガの貸し借りは続いているようだったけれど、二人の間には、どこかよそよそしい空気が流れている。

（なっちゃんは瀬戸口君とも気まずそうだったし、芹沢君には告白されてたし……）

さらに恋雪とも何かあったのなら、相当しんどい思いをしているはずだ。


「ほかにも話があるので、僕から直接返します」

話って、なんだろう？

聞いてしまいたい衝動《しょうどう》にかられるが、それは夏樹と恋雪だけの秘密なのだろう。

恋雪の瞳《ひとみ》に揺るぎない意志が見え、あかりは問いかけをのみこんだ。

「……そっか。呼び止めてゴメンね」

「いえ、ありがとうございます」
ぺこりとお辞儀《じぎ》して、恋雪は来た道を戻っていく。

「……こゆき先輩《せんぱい》……」

ひっそりとした声だった。
誰だろうと首をめぐらせると、階段を降りてきた女子が恋雪の背中を見つめていた。
(あの女の子、どこかで……？)
上履《うわば》きではないから学年がわからないが、少し幼い雰囲気《ふんいき》が漂《ただよ》っている。
走ってきたのだろうか、彼女が息をするたび、ゆるい二つ結びの髪が揺れた。

(恋、してるのかな)
恋雪を見つめる少女の視線には、切なさと熱がこもっている。
夏樹や美桜のように、誰かを想《おも》っている瞳だ。

「……あ、わかった！」

前ぶれもなく降りてきた「答え」に叫び、あかりはキャンバスに向かい、筆を走らせる。

絵の中にたたずむ少年の髪型《かみがた》を描《か》きかえるために。

●●●●●●●●●●●●●●●●●●●●●●●●●●●●●●●●●●●●♥●●●●●●●●●●●●●●●●●●●●●●●●●●●●●●●●●●●●

キリのいいところで作業を切り上げ、あかりは駅までの坂道を歩いていた。

すっかり肌寒《はだざむ》くなってきたこの頃《ごろ》は、マフラーが必需品《ひつじゅ》だ。ボリュームがでるように巻き、鼻先まで毛糸の中にうずめる。

(……あの子、寒くないのかな?)

前を歩く女の子は、なぜかマフラーを手に持っていた。

肩《かた》で息をしているから、さっきまで走っていたのかもしれない。

あかりのほうが歩く速度が速く、もうすぐ追いつきそうだ。

「えっ、美桜ちゃん!?」

あと数メートルのところまで近づき、相手が美桜だと気がついた。

あかりの声に、びくりと美桜の肩が揺れる。

反応はそれだけで、返事もなければ、ふりかえることも足をとめることもない。

何かがおかしいと思いながら、あかりは小走りに美桜に駆《か》け寄った。

「美桜ちゃん、一緒《いっしょ》に帰ろー？」

あかりは横から顔をのぞきこみ、そして言葉を失った。

美桜の瞳からは涙《なみだ》があふれ、赤くなった頬《ほお》をぬらしている。

「私じゃ、ないの……」

しゃくりあげながら、美桜がつぶやく。

あかりはそっと背中に手を回し、泣《な》き崩《くず》れそうな親友を支える。

「好きな人がいるんだって」

春輝のことを言っているのだと、直感的に思った。

美桜が泣くほどショックを受けているのは、彼に関すること以外にありえない。

（それに、好きな人がいるって……）

放課後の教室で、夏樹に告白している春輝の姿がよみがえってくる。

あかりは胸を針で刺《さ》されるような痛みを覚えながら、「うん」とうなずいた。

「私だけが浮《う》かれてた」

「…………」

本当は「そんなはずないよ」と言いたかった。

だが美桜は、中途半端《ちゅうとはんぱ》な言葉を求めてはいないだろう。

あかりはぐっと唇《くちびる》を噛《か》みしめる。

「でも、あきらめたくない」

「……うん。わかってる」

慰《なぐさ》めるために言ったつもりも、ただの相づちのつもりもない。美桜ならきっと、気持ちが固まっているだろうと思ったから、あかりも応《こた》えた。

「あきらめられない」ではなく「あきらめたくない」。

そこには、揺《ゆ》るぎない美桜の意志がある。

(私にできるのは、応援《おうえん》することだけ……)

あかりはすうっと息を吸い、できるだけ明るい声で言う。

「そういえば、ウチにケーキがあるよ!」

「ふぇ?」

顔をあげた美桜の目には、まだ涙が光っている。

あかりは気づかないふりをしながら、笑顔《えがお》で続ける。

「駅前の星屋の新メニュー! 食べる?」

「た、食べるぅ〜」

泣いていても仕方がないと思ったのか、美桜は両手でぐっと握《にぎ》り拳《こぶし》をつくった。

「今日ぐらい、甘いもの解禁しちゃっていいよね」

美桜がこちらに背中を向けると、ふいにあかりの視界が歪《ゆが》んだ。

目尻《めじり》にほのかな熱を感じて、あかりは美桜に気づかれないようにうつむく。

（やだな、また……。なんで涙がでるんだろ……）

「あかりちゃーん？」

前を行く美桜の声に、あかりは慌《あわ》てて目をこする。
顔をあげると、タイミングよく美桜がふりかえるところだった。
（大丈夫《だいじょうぶ》、見られてないよね？）

「ほらほら、早く早くー！　ケーキは待ってくれないよ？」
「……あはは！　それじゃあ、駅まで競争ね」

♥

翌日、あかりは駅まで続く下り坂を全力疾走《しっそう》していた。
夏樹が美術室を出てから、まだそんなに時間は経《た》っていない。いま追いかければ、つかまえられるはずだ。

（なっちゃん、なっちゃん……！）


声にならない声で、あかりは夏樹に呼びかける。

自分でも不思議だったけれど、どうしてもいま、追いかけなければと思った。

夏樹が美術室から姿を消したのは、コンクールの結果発表が行われた直後だった。

昨日とは打って変わって部員でいっぱいになった部屋で、あかりたちは松川先生の到着《とうちゃく》を待っていた。あのときはまだ、独特な緊張感《きんちょうかん》を共有していたはずだ。

立場がわかれてしまったのは――。


（何度経験しても、この瞬間《しゅんかん》は落ちつかないなあ）

ざわざわした空気の中で、あかりはそっとため息をこぼす。

周囲から賞の常連だと言われていることは知っているが、それでも緊張しないということにはならない。むしろ、期待に押しつぶされそうになるくらいだ。

かといって、不安をもらすことは許されなかった。

あかりにそのつもりがなくても、嫌《いや》みにとられてしまうからだ。

中学時代から何度となく失敗してきて、高校生になってからは、なんでもないフリをすることで乗り切ってきた。黙《だま》って笑っていれば、責められることはない。


ガラリとドアが開き、松川先生が顔をのぞかせる。

満面の笑みを浮かべていて、部員の誰《だれ》かが受賞したのが伝わってきた。

「早坂さん、合田さん、おめでとう！」

最優秀《さいゆうしゅう》賞にあかりが、佳作《かさく》に美桜の作品が選ばれたのだという。

結果が書かれた紙が黒板に貼《は》られ、わっと部員が集まる。

「先輩《せんぱい》、おめでとうございます。私、絶対選ばれると思ってました！」

「これでまた連勝記録のびましたね～」

「そういえば、部長と副部長で1、2フィニッシュした賞もありましたよね？」

可愛《かわい》い後輩《こうはい》たちが、次々と祝福の言葉を贈《おく》ってくれる。

あかりはお礼を言いながら、ふと夏樹が立ち尽《つ》くしていることに気がついた。

輪から少し外れ、結果発表の紙を見つめている。

やがて天井《てんじょう》を見上げたかと思うと、くるりと黒板に背を向けた。


（……あれ？）


てっきり席に着くだけなのかと思ったが、夏樹はそのまま荷物を片づけはじめた。

カバンを肩《かた》にかけ、すたすたとドアまで歩いて行ってしまう。

「なっちゃん？　どこ行くの？」


純粋《じゅんすい》に疑問に思って声をかけたが、相手にとっては迷惑《めいわく》だったのかもしれない。

微妙《びみょう》な間があってから、夏樹はふりむかずに言う。

「歯医者の予約！」

「え？　歯医者なら、昨日も……」

反省したはずが、また余計な一言がでてしまう。

けれど、最後まで言葉にはできなかった。


「ごめん、もう行くねっ」

夏樹は叫《さけ》び、逃《に》げだすように美術室をでていった。

「なっちゃん!?」


もう一度呼びかけるが、夏樹の足は止まらない。

延々と迷った末に、あかりは夏樹を必死で追いかけた。


（なっちゃん、今日はバスに乗っちゃったのかな……？）

次のバス停で、自分も乗ってしまったほうがいいだろうか。

だが、家まで押しかけるのは少し気が引ける。

どうしようかとあかりの足が止まりかけたとき、少し先に見覚えのある人影《ひとかげ》をとらえた。

（あのバッグに、あの髪型《かみがた》……）

ふわっと丸い、大きなおだんごに、あかりは夏樹だと確信する。

疲《つか》れて悲鳴をあげる足に活を入れながら、お腹《なか》の底から声をはりあげた。


「なっちゃん！」


あかりの呼びかけに、今度は夏樹も逃げなかった。

けれど、こちらをふりかえってはくれない。


「よかった、追いついた……。やっぱり私も一緒《いっしょ》に帰ろうと思って」

息も絶え絶えに告げると、夏樹のぼそりとした声が返ってくる。

「……あかりだけ？　美桜は？」

「芹沢君が呼びに来て、映画研究部のお手伝いに行ったよ」

「そうなんだ……」

「うん」

（ねえ、なっちゃん。どうしてこっちを見てくれないの……？）

夏樹の顔が見たくて、あかりは正面に回る。

とっさの行動だったからか、夏樹は顔をそらしたりはしなかった。


「なっちゃんは、いつ瀬戸口君に告白するの？」


口をついてでた言葉は、あかりも予想外のものだった。

夏樹も面食《めんく》らった様子で、声もなくこちらを見返すだけだ。

取り消そう、話題を変えようと思ったけれど、すんでのところで思いとどまる。

（もう誤魔化《ごまか》すのはやめよう？　本当はずっと聞きたいと思ってたじゃない）


さらに決定的な質問をぶつけるため、あかりはぐっと足に力をこめる。

「あれ？　綾瀬君とつきあうことにしたの？」

「……なんであかりが、そんなこと聞くの？　関係ないよね？」

夏樹はわずかに目をみはり、それからあかりをにらむように細めた。

怒《おこ》るのも、もっともだ。あかりが夏樹の立場でも、嫌《いや》な気持ちになる。

（でもね、なっちゃんには見えていなくて、私に見えているものもあると思う）

あかりはそっと目を伏《ふ》せ、できるだけ感情を押し殺して言う。

「私ね、なっちゃんのこと、よくわからなくなっちゃって……。瀬戸口君のことが好きで、予行練習じゃなくて本当に告白するとも言ってたのに、綾瀬君とデートしたでしょ？」

「だからあれは、デートじゃないんだってば！」

「綾瀬君のほうはそのつもりだったんじゃないかって、美桜ちゃん言ってたよ」

「なっ……!?」


勢いに任せて、美桜の名前までだしてしまった。

夏樹はショックを受けた様子で、瞳《ひとみ》を大きく揺《ゆ》らした。

涙腺《るいせん》もゆるんできたのか、ぷいっとあかりから顔をそらす。

「……そんなの知らないよ。こゆき君からは、本当に何も……」

「なっちゃんは、ズルい！　そうやって、芹沢君のことも知らないふりするの？」

誰《だれ》かの言葉をさえぎるのは、これがはじめてだったかもしれない。

感情の爆発《ばくはつ》にあおられ、あかりは思わず叫んでいた。

声は震《ふる》え、見る見るうちに視界も歪《ゆが》んでくる。


「……あかり……？」

顔を背《そむ》けていた夏樹が、いまは戸惑《とまど》った視線を送ってくる。

これまで見せたことのない姿に、どうしていいかわからないようだった。


（そうだよね。私、なっちゃんと美桜ちゃんにも……どこか遠慮《えんりょ》してた……）

遠慮といえば聞こえはいいが、予防線を張っていたのかもしれない。

いつも笑っているように意識して、怒った顔も、泣き顔も見せないようにしていた。

それなら、能天気だと苦笑《くしょう》されるだけで済むからだ。


（こんなつもりじゃ、なかったのにな……）

夏樹の本当の気持ちを聞きたかっただけで、悲しませるつもりはなかった。

おまけに、こうして泣いてしまったら、やさしい彼女は自分を責めてしまうだろう。

「たしかに私、ズルいところもあったと思う」

心配した通り、夏樹はつらそうにしゃべりだした。

あかりは慌《あわ》てて否定しようとするが、一拍遅《いっぱくおそ》かった。


「でも、春輝のことって……？」

続く言葉は、もう夏樹自身を責めるものではなかった。

そのことにほっとしながら、あかりはずずっと鼻をすすりながらつぶやく。

「なっちゃんだけなんだよ、芹沢君に『好き』だって言われたの」

「……え？」

どうやら夏樹には、なんのことか心当たりがないらしい。

記憶をたどるように視線をさまよわせているのを見て、あかりは口早に言う。

「なっちゃん、誤魔化さずに本当のことを言って？　美桜ちゃんの絵も、私の絵も、結局好きだって言ってもらえなかったんだよ？」

「………へっ？」

あかりとしては思いきって胸の内を明かしたのだが、夏樹はますます目を点にする。

もうこの時点で止《や》めておいたほうがいいのかもしれない。

そんな考えも頭をよぎったが、一度勢いのついた口は止まらなかった。

「映画で使う絵を描《か》きながら、私もいろいろ考えたの。恋《こい》ってなんだろう、どんな気持ちのことを言うんだろうって。私にとってそれは、絵を描いてるときや、好きな絵を前にしたときの気持ちと同じなんじゃないかって気づいたんだ」

まくしたてるように言ってしまってから、遅《おく》れて顔に熱が集まってくる。

（なっちゃん、なんとか言って……！）

半ば八つ当たり気味に祈《いの》ると、夏樹は「え？　え？」とつぶやきながら頭を抱《かか》えだした。

そしてあかりを指さし、確認《かくにん》するように言う。

「あかり的には、春輝が私の『絵』を好きだって言ったから……」

「なっちゃんのことが好きなんでしょ？」

「そ、そっちかぁ～……」

言いながら、夏樹はへなへなとその場にしゃがみこんだ。

（そっちってことは、そういうこと……かな？）

夏樹は「あかりが春輝に告白されている現場に居合わせた」とカン違《ちが》いしたのだろう。

何も間違っていないのだが、あかりは認める気はなかった。

ほかにも守らなければならない秘密があるからだ。


「うん？　ほかに何かあるの？」

あかりは腰《こし》を屈《かが》め、夏樹の顔をのぞきこむ。

彼女は何か言いたそうにしていたが、ふっと口元に笑《え》みを浮《う》かべた。


「……あかりはさ、私の絵ってどう思う？」

「好きだよ。大好き」

答えてから、あかりは「あれ!?」と目をまたたく。

そういえば春輝も、夏樹の絵をほめていた。

あの「好き」は彼女自身ではなく、絵に向けられていたのだろうか。

（なっちゃん、私をはぐらかそうとしてる……？）

じっと見つめると、夏樹は顔をくしゃくしゃにして笑った。

「……私もね、あかりの絵が好きだよ。ほかの人にはない世界観にあこがれてる。美桜の緻密《ちみつ》で繊細《せんさい》な絵も、好き。ずっと見てたいなって思う」

（はずかしい……。私、どうして疑っちゃったんだろう）

春輝はたしかに夏樹に告白していた。

だが、夏樹が額面通りに受けとったかはわからない。

美桜が春輝に想《おも》いを寄せているのを知りながら、夏樹の態度は今日まで変わらなかった。

それは含《ふく》むことがないということだ。

「なっちゃん！　なっちゃーん！」

たまらなくなって、あかりは夏樹に抱《だ》きついた。

「わあ!?　ちょ、あかり、苦し……っ」

「……意地悪な言い方して、ごめんね」

あとからあとから涙《なみだ》があふれだして、最後のほうは声がにじんでいた。

肩《かた》がぬれるのも構わず、夏樹はぎゅっとあかりを抱きしめ返してくれる。

「私のほうこそ、ごめんね」


(なっちゃんは、何も悪くないのに……)


では、誰が悪いのだろう。

誰かが誰かを想い、大切な気持ちが行きかっているだけだ。


あかりも、例外ではない。

春輝のことを考えるたび、胸に痛みが走るようになっていた。

この感情をなんと呼ぶかはわからないけれど、ただ純粋《じゅんすい》に想いを向けているだけだ。

(だからこそ、苦しくて切なくて……それでも逃《に》げられないんだ)


美桜は、あきらめたくないと言った。

春輝は夏樹に想いを告げ、夏樹はいまも優に想いを寄せている。
絡《から》まった糸の行方《ゆくえ》は、誰《だれ》にもわからない。

（私も、望月君にちゃんとお返事をしなきゃ……）
たとえもう蒼太が待っていなかったとしても、あかりは応《こた》えたいと感じはじめていた。

坂道の途中《とちゅう》で見上げた空は、雲一つない秋晴れで。
あかりたちの悩《なや》みも、全部吸いこんでくれそうな美しい青だった。

answer 6

~答え6~

Miou

合《あい》田《だ》美《み》桜《おう》

誕生日／3月20日
うお座
血液型／A型

美術部副部長。努力家で、
あかりと夏樹の親友。
いつも春輝と帰宅しているが、
想いは秘めている。

answer 6 ♥ ～答え6～

（なんだそれ、なんだそれ、なんだそれ、なんだそれ……！）

頭の中で繰《く》り返し流れる映像に苛立《いらだ》ちながら、蒼太は階段を駆《か》け上がる。

廊下《ろうか》を走り抜《ぬ》け、立てつけの悪い部室のドアを衝動《しょうどう》的に開け放った。


「お、おわっ!?」

一人残っていた優は、相当驚《おどろ》いたようで、手に持っていた台本を机の上に落とした。

肩で息をする蒼太を不思議そうに眺《なが》め、さらにその背後に何かを探すように見ながら言う。

「早かったな。って、春輝は一緒《いっしょ》じゃないのか？」

こくり、と蒼太はうなずく。

まだ息が整わず、声をだすのも難しかったからだ。

自販機《じはんき》に行くと言ったきり戻《もど》ってこない春輝を捜《さが》しにいったのは、一〇分ほど前だ。

途中であかりに出会い、そして――。

またあの映像がちらつき、蒼太はぐっと唇《くちびる》を噛《か》む。

（優に言うべきか、黙《だま》ってるべきか……どうしよう……）

頭ではまだ迷っていたが、答えより先に勝手に口が動いていた。

「お、おお、落ちついて聞いてくれ」

言ってしまった。

切りだしてしまった以上、何より自分の性格では、見なかったふりを続けるのは難しい。

優はカンがいいし、下手《へた》にはぐらかしても見破られてしまうだろう。

うなずく優を見て、蒼太は心を決める。

「い、いま、教室で……春輝が、なつきに！　こ、告白してた……」

予想外だったのだろう。優はまばたきさえ忘れたように、固まってしまった。

やがて小さくうなり、苛立ちを隠《かく》さずに髪《かみ》をかきむしりだした。

そして行き場のない怒《いか》りごと吐《は》き捨てるように、「くそっ」と舌打ちする。

(きっと優は、このまま自分の感情をなかったことにしちゃうんだろうな)

いまでもふつふつと怒りがこみあげている蒼太の目には、そんな幼なじみが大人びて映った。

けれど同じくらい、子どもっぽくも思えた。

「……優ってさ、器用貧乏《びんぼう》って感じだよな」

つぶやきは、優の耳にも届いたらしい。

「え?」という生返事をして、緩慢《かんまん》な動きで蒼太に目を向ける。

(やっぱり怒《おこ》ってるんじゃん)

蒼太は肩《かた》をすくめ、責めるような口調でまくしたてた。

「イライラして、舌打ちして、髪をかきむしって、それで終わり? もっとさ、感情のままに叫《さけ》べばいいじゃん。ふざけんな、って。自分を出すのがそんなに怖《こわ》い?」

ブラックもちたと呼ばれるときよりもずっと容赦《ようしゃ》なく、挑発《ちょうはつ》的な言葉を浴びせかけた。

対する優は逆に冷静になったのか、淡々《たんたん》とした口調で言う。

「……そんなことしても、起きたことは何も変わらないだろ」

「そうだね。でも行き場を失った優の気持ちは、どこに行くのかな？」

「さあ？　そのうち消えてなくなるだろ」

さらりとかわす優に、蒼太はなおも食《く》らいつく。

「なくならないよ、心の底にたまっていくだけだ。優自身にも無視されて、かわいそうにね」

今度こそ、優は瞳《ひとみ》を揺《ゆ》らした。

動揺《どうよう》が全身に渡《わた》っていくように、力なくうなだれる。

「……じゃあ、どうしたらいいんだよ……」

苦しそうな、泣きだしそうな優の声に、蒼太は心臓を貫《つらぬ》かれたような痛みを覚えた。

(何やってるんだよ、僕……。これじゃあ、八つ当たりだろ)

そう、これは完全な責任転嫁《てんか》だった。

春輝の夏樹への告白を目撃《もくげき》してしまったとき、頭が真っ白になった。

そして、あかりはどう思っただろうかと不安になり、動揺する彼女を見て、さらにショックを受けた。やっぱり自分は、カン違《ちが》いをしていたのだと。

(告白はOKじゃなかったけど、フラれたわけじゃないし? 二人でケーキを食べに行ったのも、お試《ため》し期間みたいなものなのかなって……)

自分にやさしく、都合よく解釈《かいしゃく》して、勝手に期待を募《つの》らせていたのだ。

あかりが恋《こい》がよくわからないと言っていたのを、好きな人はいないと変換《へんかん》して、淡《あわ》い希望を持てるようにしていた。けれど——。

(たぶんあれは、本人も気づかないうちに恋が育ってたってことなんだろうな)


春輝の告白をきっかけに、一気に気持ちが動きだした。

知りたくもなかったあかりの本心にふれ、蒼太は思ってしまった。


もっと早く、優が夏樹をつかまえてくれていたらよかったのに。

二人が付き合っていたら、春輝は夏樹に告白したりしなかっただろう。

そうしたら――。

（いまは変わってた？　本当に？）

蒼太はゆっくりと長机に近づき、散らばった紙をかき集める。

「僕だったら、いまのこの気持ちを脚本《きゃくほん》にぶつけるかな」

それは自分に言い聞かせるようだった。

口にだしてみたことで、蒼太は不思議と目の前が晴れていくような気分になる。

「……え？」

あっけにとられた優が顔をあげ、訝《いぶか》しげに蒼太を見る。

蒼太は説明する代わりに笑いかけ、紙の上にシャープペンを走らせた。

思いのままに文字を書き連ねる。

ときどき止まっては二重線をひき、またあっちこっちに文字が飛んでいく。

（そうか、そうなんだ。これが僕のやりたかったことなんだ）

ぼうぜんと見つめている優の視線を感じながら、蒼太は思い出したように口を開く。

「ここからは僕のひとりごとだから、聞き流しておいて」

妙《みょう》に落ちついた声色《こわいろ》で、優の返事を待たずに話しだした。

「僕、指定校推薦《すいせん》を狙《ねら》ってるんだよね。その関係で、進路指導の半田《はんだ》先生のとこによく顔出すんだけどさ……春輝、アメリカの大学に進むかもって」

「は？」

優の乾《かわ》いた声が聞こえたが、構わずしゃべり続ける。

あの日、職員室で見聞きしたすべてを。


面接の練習を終えた蒼太が、半田先生と反省会をしているときだった。

放課後独特の空気に包まれた職員室で、蒼太は緊張《きんちょう》の面持《おもも》ちで評価を聞いていた。

「望月、小論文はいいんだけどなあ……」

「ありがとうございます！」

ほっと息をついたのも束《つか》の間、半田先生は渋《しぶ》い顔で評価シートに目を落とす。

「うん。で、肝心《かんじん》の面接なんだけど」

「た、たどたどしさで、実直なところを表してみました！」

「それは具体的なエピソードで示してくれ。志望動機くらいスラスラ言えるようにしておかないと、校内はともかく、受験先の大学じゃ厳しいぞ」

「は、はい……」


先生の言う通り、推薦枠《すいせんわく》をもらえたとしても、大学の試験会場できちんと話せなければ意味がない。自分は緊張して言葉が上手《うま》くでなくなるタイプだとわかっている分、不安が募る。

（どうすればいいんだろう？　本番までに間に合うかな……）

今回の模擬《もぎ》面接の前にも、優に付き合ってもらって散々練習してきたのだが、緊張に包まれて、言いたいことが言えなくなってしまった。

（こうなったら、誰《だれ》かほかの先生に頼《たの》んでみようかな）

職員室を見回すと、長身の白衣姿が目に入ってきた。

明智先生なら、半田先生よりも話す機会が多く、緊張しすぎることもない。「おとな」を相手に自分の意見を伝える練習をするには、打ってつけの人物だ。

（まずは明智先生で慣れて、それでまた別の先生に頼もう！）


さっそくお願いしてみようと一歩踏《ふ》みだしたが、聞こえてきた言葉に足が止まった。

「やったな、芹沢！　一次に続いて、二次審査《しんさ》も通過したってさ」

（二次審査って、例のコンペの……？）

自分のことのようにうれしく感じながらも、蒼太にはひっかかることがあった。

一次審査を通過したこと自体、蒼太も優も、春輝から聞かされていなかったからだ。

春輝も明智先生も蒼太の視線に気づいていないのか、二人だけで話を続ける。

「それって、どっちの話っすか？」

「副賞にアメリカ留学がついてるほう」

「マジか！　やった」

両手を突《つ》き上げてよろこぶ春輝を、蒼太はフィルム越《ご》しに見ているような感覚になる。

(どっちって、二つのコンペに出品してたってこと？　しかも、副賞がアメリカ留学？)

初耳だ。寝耳《ねみみ》に水だ。

蒼太と優が春輝から聞いていたコンペの副賞は、映像編集ソフトだった。

それがアメリカ留学に化けるはずもなく、自分たちが聞かされていなかったコンペがあったのだと思い知る。


「すごいな芹沢、あのまま大学も腕《うで》一本で釣《つ》り上げそうじゃないか」

感心した半田先生に背後から話しかけられ、蒼太はびくっと肩《かた》を揺《ゆ》らす。

春輝と蒼太が同じ部活の仲間で、幼なじみでもあることは先生たちも知っていることだ。仲の良い蒼太が、春輝の進路を聞いていないとは思っていない。

そんな誤解を解く気になれず、蒼太は凍《こお》りついた頰《ほお》に無理やり笑《え》みを浮《う》かべて応《こた》える。

(春輝は、僕たちに黙《だま》って……地元どころか、日本を出ていくつもりだったんだ……)

心の中でつぶやいた事実は、じわじわと蒼太の心を侵食《しんしょく》していく。

同じ部屋、叫《さけ》べば声が届く距離《きより》にいるのに、春輝がやけに遠く思えた。

裏切られた。
うらやましい。
あこがれる。
置いていきぼりだ。
応援《おうえん》しなきゃ。

さまざまな感情があふれ、暴風雨の中に立ち尽《つ》くしているような気になってくる。
立っているのもやっとで、蒼太は無言で頭を下げ、職員室をあとにした。

だからこのあと、明智先生と春輝がどんな話をしたのかは知らない。
きっと明智先生のことだから、教え子の留学を応援しただろう。
そして春輝も、白い歯を見せて笑ったはずだ。
(僕たちのことは、カヤの外に追いやったくせに……)

優は、ぼう然と話を聞いていた。

その気持ちはよくわかる。蒼太だってまだ受け止めきれていないのだから。

だが起きていることは変わらないし、時は決して止まらない。

(春輝は、春がきたら留学してるんだ……)


「なんだよ、それ……」

ようやく優が発したのは、それだけだった。

そのまま絶句する優に、蒼太も何も言えずに口を閉じた。

(たぶん優も、僕と同じ気持ちなんだろうな。春輝が黙ってたことだけじゃなく、置いていかれた気がしてるんだ……)

蒼太はシャープペンを動かし続け、見つけだした「光」を必死に追いかける。

「……俺にはそういう情熱を傾《かたむ》けられるようなもの、まだ見つかってないな」

春輝に向けた言葉だったのか、それとも蒼太にあてたものだったのか。

優は自嘲《じちょう》気味に笑い、天井《てんじょう》を仰《あお》ぐ。

「また優は……。へんなとこ、自分を下げるよね」

「いや、事実だし……」

肩をすくめる優に、蒼太は射貫《いぬ》くような視線を送る。

「僕がこうして脚本《きゃくほん》を書くようになったのは、優が背中を押してくれたからだ」

「…………は？」

冗談《じょうだん》でも演技でもなく、優は固まってしまった。

「ちょっとちょっと、覚えてないの？」

念を押すが、思うような反応は返ってこない。

蒼太は仕方がないなとため息をつき、あの日の記憶《きおく》をなぞるように言う。

「――春輝みたいにセンスがあるわけじゃなし、優みたいに上手くスケジュールを回したり、人を集めて協力してもらうこともできない……。僕にできるのは、雑用係くらいだ」

ようやく思い出したのか、優がはっと息をのんだ。

「それ、たしか去年も言ってたよな……？」

「遅《おそ》いよ～。その分じゃ、自分が言ったことも覚えてないんじゃない？」

わざとらしく恨《うら》みがましい視線を投げると、苦笑まじりに答えが返ってくる。

「何言ってるんだよ、もちたには脚本書く才能があるだろ」


あのときと同じセリフを繰《く》り返しただけだ。

だが優も、そして蒼太も、自然と笑みがこみあげてきた。

「僕は平々凡々《へいへいぼんぼん》で、特別なことなんか何もない。そんな僕の中にも、才能の欠片《かけら》があったんだよ？　優の中にだってあるに決まってるじゃん」

「……探してみるよ」


口で言うほど簡単なことではないことは、優もわかっているはずだ。

春輝やあかりほどまぶしい才能なら、たとえ本人が気づかなくても、周囲が放《ほう》っておかない。

見いだされた光を、みんなが一等星のように仰ぎ見ることになる。

（うらやましくなるけど、でもさ、優ならきっと自力でだって見つけられるはずだよ）

とある映画監督《かんとく》の言葉が蒼太の頭をよぎる。

才能とは情熱を持続させる能力のことだ、と。

蒼太がそうだったように、優もきっとその手につかんでいるはずだ。


自分を燃やしてくれる、まぶしい光の欠片を。


春輝が夏樹に告白している現場を目撃《もくげき》してしまってから、数日が経《た》った。

放課後の部室には蒼太と春輝の姿しかなく、なんともいえない空気が流れていた。

（……いや、僕が勝手にそう思ってるだけかな）

優は週末に予備校が行う全国模試の準備のため、早々に帰宅している。

大事な幼なじみの将来がかかっているのだから、蒼太も春輝も快く送りだした。そのはずが、蒼太はすでに優に戻《もど》ってきてほしくて仕方がない。


ちらりと春輝の様子をうかがうと、向こうもこちらを見ていたようで視線があう。

思わず顔を背《そむ》けてしまったが、正面から苦笑《くしょう》が聞こえてきた。

「なんだよ、思春期？」

いつもの軽口だ。自分も同じように返せばいい。

わかっているのに、蒼太の波立った心はまったく別の言葉を紡《つむ》ぎだした。


「──僕、指定校推薦《すいせん》の枠《わく》をもらえたよ」

「マジか！　やったな、おめでとう」

「ありがとう。春輝も……」

「ん？」

屈託《くったく》のない、純粋《じゅんすい》な笑《え》みを向けられ、蒼太はとっさに口ごもった。

だが、一方的にわだかまりを抱《いだ》いたまま卒業まで過ごしたくないと、意を決して尋《たず》ねる。

「春輝も、何か報告があるんじゃない？」

「……いまの流れでいくと、おめでたい内容だよな」

「そうなるね」

春輝はこちらが聞きたいことを察したのか、視線を落とし、気まずそうに頭をかいている。

ためらいがちに何度も口を開閉させ、最後はため息と一緒《いっしょ》につぶやいた。

「悪い。ゲン担《かつ》ぎっていうか、正式に決まってから言おうと思ってたんだ」

「……そうなんだ。たしかにコンペって最後まで何があるかわからないし、みんなを巻きこんで一喜一憂《いっきいちゆう》するのは、春輝が一番きついと思う」

「まあな。けど、納得《なっとく》できるかどうかは別ってことだろ？」

春輝は自分の眉間《みけん》を指でさし、困ったように笑う。

顔に出ていると指摘《してき》され、蒼太はむっとするのを隠《かく》せないまま、眉間のしわをのばす。

「そこまでわかってるなら単刀直入に言うけど、春輝はなつきをどうするの？」

「……驚《おどろ》いた。もちたまで、優みたいなこと言うんだな」

予想していたくせに、よく言うよ。

そう毒づきたいのをこらえ、蒼太は落ちつき払《はら》った調子で続ける。

「告白してるとこ、見ちゃったんだ。あれは、何？」

はたして春輝は、なんと答えるだろうか。

息を詰《つ》めて見守っていると、衝撃《しょうげき》的な返事が聞こえてきた。


「ああ、だと思った」

「……は？」

「もちたっぽい後ろ姿が見えたんだよ。一緒にいたの、早坂か？」

「何を能天気に！　あかりんは……っ」

ショックを受けていたと明かせば、あかりの気持ちをバラしてしまうことになる。

それだけはできないと、蒼太は無理やり怒《いか》りをのみこんだ。


「もう一度聞くけど、あれは何？」

鋭《するど》いまなざしを向けると、さすがの春輝も笑みを削《そ》ぎ落とした。

「予行練習だよ。告白ってさ、緊張《きんちょう》するだろ？　だから練習しておいたほうがいいって勧《すす》められて、それでなつきに相手役を頼《たの》んだってだけ」

「……な、何それ!?」

思わず叫《さけ》ぶ蒼太に、春輝がしたり顔で言う。

「だから、告白予行練習だって」

ガンガン頭痛がしてきて、蒼太は長机に突《つ》っ伏《ぷ》した。

「……それじゃあ、春輝はなつきのことが好きなわけじゃないってこと？」

「そういうことになるな」

「なら、なんでさっさと本命に告白しないわけ？」

「…………」

ようやく春輝を追及《ついきゅう》できたが、手放しでよろこべる状況《じょうきょう》ではない。

二人の間に緊張感《きんちょうかん》が漂《ただよ》いはじめ、春輝はぴりぴりとした空気をまとっている。

そんな中、蒼太は友人として踏《ふ》みこんで許される領域を越《こ》えそうになっていた。

(引き返すなら、いまここだ)

急いでわだかまりの種を取り除こうとしなくても、時が経てば解決できるかもしれない。

恋愛《れんあい》で友情をふいにするなんて、馬鹿《ばか》げているとも思う。

（でもさ春輝、お節介《せっかい》だってわかってるけど……僕はキミも心配なんだよ）

うるさいくらいに跳《は》ねる鼓動《こどう》をシャツ越しに押さえ、蒼太はたたみかけるように言う。

「ああ、そうか。告白しないんじゃなくて、できないんだ？　例のコンペの副賞、アメリカの大学に留学させてくれるんだもんね」


できない、に力をこめると、春輝はぴくりと片眉《まゆ》をあげた。

たったそれだけで、真意を見透《みす》かされたのかもしれない。

蒼太はなんだか気恥《きは》ずかしくて、口をもごもごさせながら続ける。

「……どうなの？」

「もちたはさ、よく人のこと見てるよな。で、ちゃんと心配できるえらいやつだ」

自分の言葉に「うん、うん」とうなずく春輝に、蒼太は冷ややかにツッコミを入れる。

「そういうのはいいから。ほめてもらっても、追及はやめないよ」

「いや？　ただの俺の本音」

いつになく真面目《まじめ》な響《ひび》きだったため、逆に蒼太のほうが面食《めんく》らってしまう。

「は、はあ？　念のために聞くけど、それとこれと話はつながってる？」

「……俺はさ、自分のことが一番可愛《かわい》いんだよ。映画を撮《と》る以外はどうでもいいとかって思ってるとこあるし、いい画《え》を撮るためだったらなんでもする」

（なるほど。春輝はそういうふうに思ってたんだ）

もっと言いたいことはあったけれど、ふっきれたように話しだした春輝の邪魔《じゃま》をしないよう、蒼太は黙《だま》ってうなずく。

「副賞で留学させてくれるっていうアメリカの大学も、映画学科が有名なとこだから、そこで学べるのは単純にうれしいいし、チャンスだと思ってる。けど……」

まっすぐだった春輝の視線が、ふっと沈《しず》んだ。

続く言葉がなんとなく予想できて、蒼太は励《はげ》ますように「うん」と相づちをうつ。

「映画以外にも、大事なもんがあるってことに気づいたんだ」

「……彼女には、副賞のこと伝えた？」

春輝がどう答えるかわかっていて、あえて蒼太は尋ねた。

案の定、春輝は首を横にふった。

「言ってない。最初は決まったら言うつもりだったけど、無理だなって思った。へたすると、そのまま告っちゃうだろうから」

ははっ、と力なく笑う春輝にかける言葉が見つからない。

自分が言わせてしまったのだという思いが、胸をしめつける。

「……いきなり遠距離《えんきょり》って厳しいよな。しかも国内じゃなくって、アメリカって！　断られる確率が、倍になるだろっての」

「…………」

「おーい、いまのは『副賞かっさらう気満々だね？』とか言っとくとこだろ」

モノマネまで披露《ひろう》して、春輝は笑いに変えてしまおうとしている。

そこに乗るべきかなと思いつつ、蒼太はやはりストレートな言葉を選んでしまう。

「相手にだって、選ぶ自由はあるからね。春輝が勝手にあれこれ先回りして考えてたって、彼女のほうは遠距離でも構わないって言うかもしれないよ？」

返事の代わりに、ガタンッと椅子《いす》が鳴った。

春輝は無表情で長机に手をつき、蒼太を見下ろす。

今度こそ怒鳴《どな》られるだろうかと身構えたが、春輝はそのまま窓際《まどぎわ》へと歩いていった。

「……言っただろ？　結局さ、俺は自分が一番可愛いんだよ。フラれるのも、遠距離でうまくいかないのも、同じくらい嫌《いや》なんだ」

「傷つきたくないから？」

春輝はふりむかずに続ける。

「おまけに、こうやって話してる間にも、頭の片隅《かたすみ》では映画のことを考えてるしな。新作のことだけじゃない。この経験が何かの役に立つんだろうなとか、そういうの」

なんだそれ。自分に酔《よ》ってるようなことを言うんだな。

それが蒼太の抱《いだ》いた感想だった。

だが伝えたところで、感情的だな、と春輝に笑い飛ばされる気がした。

蒼太は迷ってから、なんとか論理的にツッコミを入れようとした。

「矛盾《むじゅん》してるよ。フラれたり、遠距離に失敗するのも『いい経験』には違《ちが》いないじゃない。充《じゅう》分《ぶん》、映画づくりの栄養になるでしょ？」

「……偏食家《へんしょくか》なんだ」

苦し紛《まぎ》れなのは見え見えだった。

春輝の頭の中はいま、蒼太の質問をうまくかわすので大忙《おおいそが》しだろう。

（さすがに言いすぎたよね。もうこのくらいにしておかないと）

蒼太は謝る代わりに、別の話題を口にする。

「そういえば上映会って、正式に決まったんだっけ」

「……生徒会のほうから、書面が届いてたな」


新作映画の話を聞きつけた生徒会から、卒業式の前日に上映会を行いたいという申し出があったのは一週間ほど前のことだ。

卒業式というイベントが作品のモチーフとかぶるだけに、観客が先入観を持ってしまい、映画そのものの魅力《みりょく》やパワーがはかれなくなる。

そう考えた蒼太たちは何度か断っていたのだが、映画研究部のファンだという生徒会長の熱意に押された春輝監督《かんとく》が折れ、上映が決定していた。

「どうしても追加したいシーンがあるんだよなあ」

「……もう日がないよ？　優には相談した？」

「今日はちょうど晴れてるし、絶好の撮影日和《さつえいびより》だと思うんだよなあ」

「だから、優とスケジュールの相談はしたの？」

「いまより早いときはない！　もちた、カメラを持て！」


二人で向かった先は、最寄《もよ》り駅から少し歩いた先にある公園だった。

狭《せま》いけれど、夕陽《ゆうひ》に染まるブランコやベンチと、春輝の言う通りいい画が撮れそうだ。

「ねえ、さっきなつきっぽい子が歩いてなかった？」

「見間違《みまち》いじゃね？　ああいうカッコしてる女子、よく見かけるし」

「いやいや、制服はみんな一緒《いっしょ》だから。っていうか、あの髪型《かみがた》の女子は……」

そうそういないでしょ、と、本気なのか冗談《じょうだん》なのかわからない春輝のボケにノリツッコミするつもりが、目の前の人影《ひとかげ》に口をつぐむ。

砂場のそばに、見知った人物がたたずんでいた。

彼がまとう空気に緊張《きんちょう》を覚えながら、蒼太はゆっくりと近づいていく。

足音に気づいたのか、相手がくるりとふりかえった。

(やっぱり、ゆっきーだ……)


「こんなところで、どうしたの？　家って反対方向じゃない？」

「……そっか。もっちーと芹沢君も、ここが地元なんですよね」

恋雪の言葉にどこかひっかかりを感じながら、蒼太はうなずく。

「うちの監督《かんとく》が、どうしても追加で撮りたいシーンがあるとか言って……」

あれ、とあごでしゃくった先には、カメラのポジション取りに勤《いそ》しむ春輝の背中がある。

恋雪はくすくす笑いながら、「忙しそうですね」と肩《かた》をすくめた。

「ゆっきーは？　何してたの？」

「……しようと思ったけど、できませんでした」

「えっ？」

言葉を聞き逃《のが》しただろうかと恋雪を見るが、彼の視線は公園の外へと向けられていた。

（もしかして、誰《だれ》かと待ち合わせしてるのかな？　でも、ゆっきーは『できませんでした』って過去形で言ってたし……）

「なあ、さっきの！」

三脚《さんきゃく》のねじを締《し》めながら、春輝が叫《さけ》ぶ。

「もちた『も』俺『も』地元がここってのは、誰と一緒だって？」

違和感《いわかん》の正体がわかり、蒼太は「あっ」と声をもらす。

脳裏《のうり》には、ここに来る途中《とちゅう》で見た後ろ姿がよみがえり、どんどん想像が膨《ふく》らんでいく。

しようと思ったけどできなかったというのは、つまり——。

「芹沢君は瀬戸口君と仲がいいですもんね。やっぱり気になりますか」

あえて挑発《ちょうはつ》するような恋雪に、春輝は何がおかしかったのか勢いよく笑いだした。

「いやいやいや、カン違いしてるって。俺の幼なじみは、優だけじゃないからな？」

（ああ、うん。僕もいるからね。……って、そういう話じゃないよね？）

恋雪も首を傾《かし》げていたが、ややあってぽんっと手を叩《たた》いた。

「榎本さんとも幼なじみなんですよね」

「そうそう。で、告白『しようと思ったけど、できませんでした』ってのは？」

さっきの仕返しなのか、春輝は意地悪な質問をぶつけた。

恋雪は相変わらず笑っているが、傍《はた》で聞いている蒼太のほうが慌《あわ》ててしまう。

「ちょ、ちょっと春輝！　幼なじみだからって、そこまで立ち入れないでしょ」

「告白以前の問題だった、ということです」

「ゆっきーも！　別に答えなくていいんだってば……っ」

せっかく止めに入ったのに、当の恋雪は気にした様子もなく続ける。

「僕は何も言えないまま、榎本さんを見送ったんです」

淡々《たんたん》と告げる中にも、沈《しず》んだ音色がまざっていた。

聞いているだけで切なくなってきて、蒼太はうつむいてしまった恋雪を見る。

（ゆっきーは自分のこと、情けないって思ってるのかな……？）

「告白できなかったんじゃなくて、しなかったんじゃないの？」

さっきの蒼太と同じような言い回しで、春輝が恋雪に問いかける。

恋雪は弾《はじ》かれたように顔をあげ、唇《くちびる》を震《ふる》わせた。

「僕はっ、この気持ちを受け入れてもらえるとは思ってなかった。でもせめて、伝えるだけ伝えたいと思って……外見を変えても、外面《そとづら》を変えてみても、意味がなかった」

（そんな、あんなにがんばってたのに……）

どうしてがんばった自分を認めてあげないのだろうと、蒼太は悲しくなってくる。

だが、噛《か》みしめるように言う恋雪を前にして、春輝ですら何も言えないようだった。

「僕の気持ちは、彼女にとっては重荷にしかならないってわかったんです」

「そんなこと……」

ついにこらえきれなくなり、蒼太は無理やり口を挟《はさ》んだ。

しかし恋雪は静かに微笑《ほほえ》んで首をふる。それだけで、蒼太は押《お》し黙《だま》るしかなかった。

「……なつきに、好きなヤツがいるからか」

春輝のつぶやきは、疑問形ではなかった。

それが余計に、蒼太を苛立《いらだ》たせる。

「相手に好きな人がいたとしても、ゆっきーの気持ちは重荷になんかならないよ！」

思ったよりもずっと大きな声がでてしまい、蒼太は動揺《どうよう》した。

恋雪も目をみはったが、続く言葉は淡々としたものだった。

「そういう考え方も、あると思います」


（なんでゆっきーは、落ちついていられるんだろう？）

ショックを受けているのは間違《まちが》いないのに、恋雪はそれを見せまいとしている。

彼は蒼太が思うよりもずっと強く、気高かった。


「もしかしたら……」

ふっと恋雪の声が空気を震わせた。

言おうか言うまいか、ためらっているのが伝わってきて、蒼太は先を促《うなが》すように小さくうなずく。春輝もカメラを放置したまま、じっと続きを待っている。

恋雪は深呼吸してから、重大な秘密を打ち明けるようにささやいた。

「僕が想《おも》いを告げていれば、何かしら彼女の力になれたかもしれないし、背中を押せたかもしれません。でも、僕は別の未来も想像してしまった……」

どれくらい沈黙《ちんもく》が続いたのか。

秋の虫たちの合唱にぼんやり身を任せ、蒼太はひたすら待つ。

やがて恋雪は心が決まったのか、紛《まぎ》れもない本心を告げた。

「彼女はやさしい人だから、僕の想いに応《こた》えられないことを悩《なや》んでしまうと思ったんです。断ったあとも、ずっと心に重石《おもし》のように残ってしまうんじゃないかって」

ガンッと頭を殴《なぐ》られたような衝撃《しょうげき》に、蒼太は呼吸を忘れる。

(なんでゆっきーの想いが、なつきの重荷になるのかわからないけど……。そもそもゆっきーは、自分がフラれることを前提に話をしてたんだ)

これまでの蒼太なら、想いが叶《かな》うことに淡《あわ》い期待さえ抱《いだ》かないなんて、自分を低く見ているにもほどがある、と恋雪に憤《いきどお》っただろう。

だが恋雪の真摯《しんし》な言葉に、とてもそんな感情は起こらなかった。

(ゆっきーは逃《に》げずに事実を受け止めて、最後までなつきの気持ちを優先したんだ……)

自分の恋が実らないと気づいてしまったとき、すさまじいショックを受けたはずだ。

なのに恋雪は、好きな人を絶対に傷つけない道を選んだ。

自分の気持ちを押し殺してまで。

告白しないままに終わったことを、勇気がないと言う人もいるかもしれない。

だが蒼太は、恋雪の選択《せんたく》が、途方《とほう》もなくかっこよく思えた。

(……こういう恋も、あるんだな)

そのとき、長らく渦《うず》を巻いていた心の底に、一条の光が射しこんだ気がした。

あかりが誰《だれ》を好きでも、自分の想いは捨てない。

あかりの恋を応援《おうえん》できなくても、見守ることはできるから。

(片想いでもいい、僕が二人分愛するから)

昨夜観《み》た映画の一節を口の中でつぶやきながら、蒼太は空を仰《あお》ぐ。

秋の空は明るい星が少なくて、夏の大三角形のように目立つ星もない。

だからこそ、有名な星雲や星団を引き立てるのだという。

「きっと、人間関係も同じだ」

つぶやきは誰《だれ》かに聞かれる前に、そっと風に流れていった。

榎《えの》本《もと》夏《なつ》樹《き》

誕生日／6月27日
かに座
血液型／O型

蒼太の幼なじみ。
美術部所属。運動とマンガを
描く＆読むのが大好き。
優に片思い中だが、恋雪とは……!?

Natsuki
answer 7
~答え7~

answer 7 ♥ ～答え7～

たった一日で、たった一言で、人生が劇的に変わることがある。

ただし実現させるためには、勇気が必要だ。


『マンガが完成したから、本番行ってくるね！』

夏樹は、あかりと美桜にそう言って、果敢《かかん》に戦場へと向かった。

そしてうれしい報《しら》せと一緒《いっしょ》に、勇気がすべてを変えていくことを教えてくれた。

予行練習だけでもかなり緊張《きんちょう》したと言っていたし、本番は何十倍も大変だったはずだ。

とくに夏樹の告白相手は、家もお隣《となり》さん同士の幼なじみだ。あまり考えたくはないが、もし想《おも》いが実らなかったとき、居心地《いごこち》のいい関係を手放すことになる危険もあった。


(でもなっちゃんは、逃《に》げなかった)

勝算があったわけではないだろう。好きという気持ちだけを胸に、優のもとへ行ったのだ。

『詳《くわ》しいことは、また明日《あした》学校で話すね』

メールの最後の一文にドキドキしたせいか、昨夜あかりはなかなか寝付《ねつ》けなかった。

今朝は目覚まし時計のアラームはとっくに鳴り終わっていて、朝食もそこそこに家を飛び出した。夏樹の話を、一分一秒でも聞《き》き逃《のが》したくないと思ったからだ。


けれど、それなのに。

事態は、あかりの予想しない方向へと転がっていった——。


昼休みを告げるチャイムを聞きながら、あかりは美桜と目配せする。

何事も最初が肝心《かんじん》だというし、朝からの夏樹と優のやりとりを見ている限り、なんともいえない不安が二人を襲《おそ》っていた。

「美桜ちゃん、今日は美術室にしておく？　それか準備室」

「どうだろう、すぐに気づかれないかな……？」

顔を寄せ、ひそひそと相談していると、背後に人の気配を感じた。

ふりかえってはいけないと思うあかりに、夏樹のほうから話しかけてくる。

「場所の相談？　今日は天気もいいから、中庭に行かない？」

恐《おそ》れていた事態が起きてしまった。いや、まだ完全にそうと決まったわけではない。

あかりはぎこちなく首を回し、夏樹にそれとなく確認《かくにん》する。

「それって、三人で？」

「え？　……ああ、いいよ！　ほかに誰《だれ》を呼ぶの？」


誰か呼ぶのは、なっちゃんのほうでしょ！

反論しそうになるのをこらえ、あかりはちらりと優を見る。

優は蒼太と、そして隣のクラスから合流した春輝と三人で、学食に移動するようだった。

(あ、あれ？　瀬戸口君まで、そんな……！)

顔面蒼白《そうはく》になりながら、あかりは視線で美桜に助けを求める。

だが美桜も眉《まゆ》を八の字にして、打開策を考えている真っ最中だった。

このままでは、夏樹と優が別々に昼食をとることになってしまう。

（それだけはダメ！　なんとかしなくちゃ）


あかりは優たちにも聞こえるように意識して、夏樹に問いかける。

「な、なっちゃんがお弁当を一緒に食べたい人は、私たち以外にいるんじゃないかな？」

「そ、そうそう！　よーく考えてみて？」

すかさず美桜も口添《くちぞ》えしてくれたおかげで、優たちの注意を引くことに成功したらしい。

止まった足音にほっと胸をなでおろし、あかりは夏樹に気づいてもらおうと続ける。


「たとえば、その……か、彼氏とか？」

直球どころか、剛速球《ごうそっきゅう》の大暴投だった。

もっと上手《うま》く誘導《ゆうどう》するつもりだったのに、これでは台無しだ。

さすがの夏樹もあかりたちの意図に気づいたようで、表情が固まった。

「……もしかして朝から様子が変だったのも、それ？」

地を這《は》うような低い声に、あかりと美桜は手をとりあう。

「だって！　なっちゃんも瀬戸口君も、いままで通りなんだもん」

「なっちゃんのことだから照れ隠《かく》しだとは思うんだけど、私たちが一緒にいたら、瀬戸口君も話しかけにくいかなって……」

　こうなっては仕方がないと素直《すなお》に打ち明けたが、夏樹は肩《かた》を怒《いか》らせるばかりだ。

「い、いいんだってば！　私と優はこれがフツーなの」


　そばで見ていた三人も、あかりたちの言いたいことがわかったらしい。

　春輝は爆笑《ばくしょう》し、蒼太は笑いをこらえ、優は耳まで赤くして天井《てんじょう》を仰《あお》いでいる。

「だから言っただろ？　やせ我慢《がまん》は誤解されるぞって」

　真面目《まじめ》な調子で指摘《してき》する春輝だが、顔は完全に笑っている。

「交際一日目にして破局説が流れるとか、シャレにならないしね」

　神妙《しんみょう》な顔でうなずいてみせる蒼太も、ふるふると口元が震《ふる》えていた。


「うっせ、勝手に言ってろ」

　放った言葉はキツく聞こえるようで、優の顔からはいまだ熱が引いていない。

　夏樹と同じく、照れ隠しなのはあきらかだ。

（ふふっ。なんだか微笑《ほほえ》ましいなあ）

自然とゆるむ頬《ほお》を指先で押さえながら、あかりはその光景を満足げに眺《なが》める。

だが次の瞬間《しゅんかん》、優がこちらへと近づいてきた。


「早坂と合田も」

「「は、はいっ」」

名指しされ、あかりと美桜の声がそろう。

おまけに、マンガのようにその場で小さく飛びあがっていた。


「あー、いけないいんだー。瀬戸口君が女子を脅《おど》してるー」

「それは言わないお約束だよ、春輝。優だって、あんな怯《おび》えられてショック受けてるって」

「うーん、あんな子に育てた覚えはないんだけどなあ」

春輝と蒼太が遠慮《えんりょ》なく冗談《じょうだん》を飛ばし、それに夏樹までが乗っかった。

幼なじみ同士、息もぴったりだ。

「あのなあ、おまえらのボケを拾うのも大変なんだぞ!?　こっちに集中させてくれ」

「……瀬戸口君って、なんだかお母さんみたい」

「あ、私もそう思ってた」

ぽつりともらした美桜に、あかりも小声で応じた。

どちらからともなく笑いだすと優の耳にも届いてしまったようで、春輝たちに向かって「ほら、見ろ!」と指さした。


「早坂と合田にも、あきれられちゃっただろ?」

「はいはい。情けない顔してないで、言いたいこと言いなよ」

夏樹が強引《ごういん》ながらもキレイに話をまとめたため、優はぐっと息を詰《つ》めた。

改めて優がふりかえったので、あかりは緊張《きんちょう》しながら一八〇センチ近い長身を見上げる。


「心配かけたみたいだけど、俺たちは大丈夫《だいじょうぶ》だから。なんていうか、その……彼氏彼女的なアレにはなったけど、それ以前からずっと幼なじみだったわけだし、急には変われないっていうか、この距離《きょり》感《かん》がちょうどいいっていうか……」

ぼそぼそと続ける優に、あかりは目が点になる。

人当たりのいい優が、普段《ふだん》から言葉を選んで話していることは、あかりも知っていた。思ったことをストレートに伝えられる夏樹と、いいコンビだと思ってもいる。

(でもこれは……さすがにちょっと……)

ちらりと視線を送ると、美桜も迷っているのが見てとれた。

さらに優の隣《となり》に立つ夏樹はといえば、無言で床《ゆか》を見つめていた。

(うん、やっぱりこれじゃダメだよ！)

お節介《せっかい》かもしれないが、親友がガッカリする顔を黙《だま》って見てはいられない。

あかりは一歩前にでると、言い訳を続けようとする優をにらみ上げた。

「瀬戸口君！　そのこと、なっちゃんとは話し合ったんですか？」

「……え？」

ぽかんとする優に、あかりは自分の推理が当たっていたことを確信する。

(やっぱり、なっちゃんには言ってなかったんだ……！)

なんだかむしょうに悲しくなって、次の瞬間には、胸のモヤモヤをぶつけてしまっていた。

「なっちゃんの話、ちゃんと聞いてあげてください！　なっちゃんだってきっと、二人で一緒《いっしょ》にお昼を食べたいって思ってるはずです。それで放課後は一緒に帰りたいなあとか、手とかつないでみたり……あ、ケーキを食べに行くのもいいですよね！」


いいアイデアだと手を叩《たた》いたところで、あかりはハッと我に返る。

夏樹も美桜も、そして男子たちも、しんと静まり返っていた。

（どうしよう、はずかしい……）

いたたまれなくなり、あかりは視線を床に落とす。

みんながどんな顔をしているか、とてもたしかめられそうにない。

（あきれられちゃったよね？　後半は、私がしたいことだったし……）


「優、いまのが乙女《おとめ》の声だよ。ありがたく参考にするように」


肩を叩くような音、そして蒼太の声が続いた。

それが合図だったかのように、春輝と夏樹も口々に話しはじめる。

「遠慮せずに、彼氏ヅラしておけってことだな」

「でもそんなこと言って、春輝の前で手とかつないだら……」

「何イチャついてんだよって、ツッコむな」

真剣《しんけん》な声で言う春輝に、夏樹と優の声がそろう。

「「それだよ、それ！」」

「わかってないな、優も夏樹も。周囲にひやかされながらイチャつくのが醍醐味《だいごみ》でしょ？」

「「うっさい、もちた」」


にぎやかな声に誘《さそ》われるようにして、あかりはゆっくりと顔を上げる。

夏樹たちは誰《だれ》も嫌《いや》な顔をしていないし、あきれた表情など浮《う》かべていない。

それどころか、楽しそうに笑っている。

（……よ、よかったあ〜）

すんと鼻をすすると、隣からのびてきた指に、ブレザーの袖《そで》をツンとひっぱられた。

視線を向けると、にっこりと笑った美桜が耳打ちをする。

「私もね、手をつないで帰ったり、放課後デートしてみたいなって思ったよ」

「……み、美桜ちゃーん！　大好きだよー！」

たまらず美桜に抱《だ》きつくと、なぜか春輝と蒼太が「あっ⁉」と焦《あせ》った声をあげた。

それを不思議に思う暇《ひま》もなく、背中に重みが加わる。

「ずるーい！　私も、二人のことが好きなんだからねっ」

すねた夏樹に顔をのぞきこまれ、あかりと美桜は思わずふきだした。


「あーあ、さっそく彼女が浮気《うわき》してるぞー？」

「……いいでしょう。誰が彼氏か、わからせてくる」

「おお！　がんばれ、優！」


背後から春輝たちのやりとりが聞こえ、夏樹の顔は赤く染まっていく。

あかりはうれしくて泣きそうになりながら、なかなか素直《すなお》になれない親友の手をはずした。

「いってらっしゃい、なっちゃん」

「……うん」

小さな小さな声だったけれど、夏樹はたしかにうなずいた。

そして優の手をとり、二人は並んで教室を出ていく。

(まぶしいなあ。……あ、希望ってこんな感じ?)

ずっと足りなかったピースが、手のひらに落ちてきた。

あかりはそれをつかむように拳《こぶし》をにぎり、教室のドアへと足早に向かう。

いまここで描《か》かないと、きっと逃《に》げてしまうからだ。


「待った、早坂!　今日はこの四人で昼飯食わないか?」

「……え?　四人って……」

「早坂、美桜、もちた、俺」

最後に自分を指さして、春輝が歯を見せて笑う。

「それは、どうかな……」

うわごとのようにもれたあかりの言葉に、春輝が首を傾《かし》げる。

「なんで?　都合悪い?」

重ねて尋《たず》ねられ、あかりは壁《かべ》時計を見るふりをしながら美桜の様子をたしかめた。

(美桜ちゃん、困ってるよね……)

以前の彼女なら、よろこんで誘いを受けていただろう。

けれど春輝に好きな人がいると知って以来、美桜は距離《きょり》をとっているように見える。

だからあかりも、先日、春輝にあいさつされて思わず避《さ》けてしまった。

彼氏彼女でもないのに毎日のように二人で帰るというのは、相当思わせぶりだ。春輝本人に自覚がないのだとしたら、余計に性質《たち》が悪い。

(芹沢君だって、美桜ちゃんにどう接したらいいか迷ってるみたいだったのに……)


「自分だけ急に、ふっきれたみたいに……」


ふいに、蒼太がつぶやいた。

誰に向けて言ったのかわからない上、あまりいいニュアンスではなかったように思う。

あかりは不安になって視線を送ると、目があった蒼太は穏《おだ》やかに笑い返してくれる。

(私の聞き間違《まちが》い、だったのかな?)

たしかめるより先に、蒼太が春輝の肩《かた》に手を回した。

「残念だけど春輝、僕らには映画の編集作業が残ってるよ。優を快く送りだした以上、責任を持って進めておかないとね？」

「うっ……。いやでも、昼休みくらい……」

「くらいー？　いまこの時間にも、作業が進められるんだよ？　昼休みを笑うものは、昼休みに泣く！　貴重な時間だからね、無駄《むだ》なく有効利用しよう」

にっこりと笑顔《えがお》で押し切った蒼太は、問答無用とばかりに春輝をひっぱっていく。

残されたあかりと美桜は、しばらくその場に立ち尽《つ》くしてしまった。

「……春輝君、なんだかテンションが高かったね」

美桜のつぶやきは、切ない響きを帯びていた。

春輝のテンションが高い理由に、心当たりがあるのかもしれない。

あかりは言われてはじめて、そうだったのかと目を見開く。

「あ！　そうだ、あかりちゃんはどこに行こうとしてたの？」

もう一度口を開いた美桜は、スイッチを切り替《か》えたようにいつも通りの様子だった。

だがあかりを見上げる瞳《ひとみ》はかすかに揺《ゆ》れていて、とっさに美桜の手をつかんでいた。

「美桜ちゃん、今日は美術室で食べよう？」

それからちょうど一週間後の放課後、あかりは進路指導室に呼び出されていた。

気が進まず、足がどんどん重くなっていく。

学校から、ある仕事を頼《たの》まれたのだが、自分に務まるとはとても思えなかった。

(やっぱり断ればよかったなあ。でも、えりちゃん先生にも頼まれちゃったし……)


どんなにノロノロ歩いても、目的地にはたどりついてしまう。

(ここまで来ちゃったら、もう仕方ないよね。それに、私一人じゃないって言ってたし!)

あかりは進路指導室の前で深呼吸し、腹をくくってドアを開けた。

「し、失礼します」

「よお。もう一人って、早坂だったんだな」

「……芹沢君……」

春輝は外を眺《なが》めていたのか、窓のそばにたたずんでいた。

あかりが入って来たのを見ると、窓を離《はな》れ、部屋の中央にある長机へと近づいていった。

「先生たち遅《おく》れるって言ってたから、座って待ってようぜ」

「は、はい」

反射的に返事をしてしまい、あかりは気まずさを覚える。

(芹沢君、この間のこと気にしてないのかな……?)

もしくは、あいさつを無視されたことなど、覚えていないのかもしれない。


あかりはどこに座るか悩《なや》んで、春輝の正面の椅子《いす》を選んだ。

春輝は首の後ろで手を組み、椅子の背もたれに体重を預けてリラックスモードだ。どこにいても、誰《だれ》といても、彼の態度が変わることはない。

(……でも、とくに美桜ちゃんといるとき、楽しそうだったのにな)


先週の昼休み、美術室で聞いた美桜の話を思い出し、あかりは自然とうつむく。

二人きりになった途端《とたん》、美桜の瞳からはどっと涙《なみだ》があふれた。ずっとためこんでいたのか、本人も戸惑《とまど》うほどの勢いだった。

『なっちゃんが瀬戸口君とつきあうって聞いたとき、私すごくうれしかったんだ。よかったねって、純粋《じゅんすい》にそう思ってた……』

でも、と美桜は唇《くちびる》をかみしめた。

口の端《はし》から血がでそうになるほど力が入っていて、あかりは慌《あわ》てて止める。

『美桜ちゃん、どうしたの？』

『……私ね、ズルいんだ。たしかに最初はなっちゃんの想《おも》いが通じたことをよろこんでたはずなのに、春輝君が……春輝君の恋《こい》が叶《かな》わないってことまで、うれしいって……』


それ以上は言わせたくなくて、あかりは美桜を抱《だ》きしめた。

美桜の立場だったなら、どうしたってそう考えるのを止められないだろう。

(好きな人に好きな子がいたら、応援《おうえん》できなくてあたりまえだよ)

けれど口にしたところで、いま以上に美桜を泣かせてしまうのもわかっていた。

あかりにできたことは、ただそばにいることだけだった。


「パンフレットに顔写真載《の》せるとか、なしだよなあ」

ふいに話しかけられ、あかりは現実に戻《もど》ってくる。

まばたきをして焦点《しょうてん》をあわせると、春輝は不満げに頬杖《ほおづえ》をついていた。

「写真は小さいって言ってたし、私はインタビューのほうが気が重いです……」

春輝のくつろいだ雰囲気《ふんいき》のせいか、あかりも緊張《きんちょう》せずに声がでた。

「ああ、そっちもあったな」

思いきり顔をしかめる春輝に、あかりはつい苦笑《くしょう》する。


学校からの依頼《いらい》は、桜丘高校志望の受験生たちに配るパンフレットへ登場することだった。

『勉強だけじゃなくて、部活動や芸術活動も活発だってとこをアピールしたいのね。だから早坂さん、どーしてもあなたに出てほしいの！』

松川先生はそう言っていたけれど、あかりの胸は不安でいっぱいだった。

美術部も絵も、好きで続けてきただけだ。何をアピールすればいいのか、見当もつかない。

「ま、そんな難しく考えることはないんだろうけどな。入試のアドバイスをしろってわけじゃなし。楽しい高校生活を送ってるって見せて、受験生のモチベーションを上げますか」

春輝はあかりが一番聞きたかったことを告げ、安心させてくれる。

しかも屈託《くったく》なく笑いかけられて、あかりの鼓動《こどう》が大きく跳《は》ねた。


（……美桜ちゃん、私のほうがきっともっとズルいよ）

みんなにひとつずつ、隠《かく》している。

夏樹には、春輝に告白されているのを見たことを。

美桜には、春輝の好きな人を知ってしまったことを。

そして、自分にも。


「なあ、早坂」

春輝に呼びかけられ、あかりは後ろめたくて伏《ふ》し目がちにうなずいた。

いつのまにか姿勢を正していた春輝は、まっすぐに視線を送ってきている。

肌《はだ》がひりひりするような真剣《しんけん》さに、前にもこんなことがあったなと思い出す。

あれは夏休み前、美術準備室でミーティングしたときのことだ。


『なあ、恋って何色だと思う？』

春輝の口調は、今日の天気を聞くような気軽さがあった。

それとは反対に、答えを待つときに向けられていたのは、こちらを射貫《いぬ》くような視線だ。


「あの絵、ありがとな」

「……え？」

「ほら、桜の絵だよ。映画用に描《か》いてくれたやつ」

口調と視線と話す内容とがちぐはぐで、あかりはとっさに声がでなかった。

黙《だま》って首を縦にふると、春輝は少しだけ目元をやわらげる。


「早坂の絵を見て、ラストを変えたんだ。最初の予定だと、両片想いっていうんだっけ？　主人公も先輩《せんぱい》も、お互《たが》いを想いながら結ばれないってことにしてたんだけどなあ」

「……どうして変えたんですか？」

尋《たず》ねながら、なんとなくあかりは答えを知っている気がした。

一方で、そんなはずないという声が体中を駆《か》け巡《めぐ》る。

もし想像している通りなら、それは――。

「あの絵を見たら、そうなるだろ？　希望の光が見えてるのに、悲恋《ひれん》にはできないって」

さも当然のように言う春輝に、あかりはたまらず泣きそうになる。

（ホントに、私の絵が結末を変えたんだ……）

しかも「希望の光が見えた」と言われて、長い長いトンネルを抜けた気分になってくる。

それはあかりがずっと探していたものだったからだ。


「……早坂は、恋が何かつかんだんだな」

ぽつりともらした春輝の表情には、いろんな感情が浮《う》かんでいる。

切なそうな、うれしそうな、途方《とほう》に暮れたような色がにじんでは消えていく。

最後に残ったのは、やはり鋭《するど》い視線だった。


「選べって言われたら、恋愛《れんあい》する時間と絵を描く時間、どっちを取る？」

あのときと同じように、質問が投げかけられる。

ここには自分しかいないから、誰かが先に答えてくれるのを待ってはいられない。

あかりは目を閉じ、まぶたに浮かんできたままに告げた。

「以前の私だったら、何を置いても絵を描く時間を選んでたと思います」

「へえ。なら、いまは？」

「いまは……どっちも、どっちもほしいです」

春輝は意外な答えを聞いたというように、目を丸くした。

「早坂なら、迷わず絵のほうだと思ってた。でも、もう昔のことなんだ？」

（芹沢君、ちょっとさびしそう……？　というか、むっとしてる？）

もしかしたら、絵をないがしろにしたと誤解されたのかもしれない。

言い訳に聞こえませんようにと祈《いの》りながら、あかりは口を開く。

「いまの質問……たとえ恋愛と絵じゃなかったとしても、私は絵だけを選ぶことはしないと思います。絵を描くってことは、もう私の一部だから」

だから比べようがないのだと伝えると、春輝は「ああ」とつぶやいたきり押《お》し黙った。

視線を泳がせ、頭の後ろをかいて、小さく笑う。

「やっぱ意見があうな」

その笑顔《えがお》に、体中に心地《ここち》よい波が広がっていく気がした。
これまでにはない感覚だった。
（なんだろう、わかってもらえてうれしいっていうか……）
以前は、もっと心臓がつかまれたような痛みがあった。
たとえば、そう――。

『優、いまのが乙女《おとめ》の声だよ。ありがたく参考にするように』

先週、教室で聞いた蒼太の声がよみがえった。
あのときはなんともなかったのに、なぜかいまになって胸が痛くなってくる。
（あれ？　あれれ？　なんだろう、この感覚って……）
鼓動を揺《ゆ》らすつぼみの名を、あかりはたぶん知っている。
だがいまはまだ、その名を呼ばないことにした。

その前に、やらなければならないことが山積みだからだ。

「せり……春輝くん！」

「は、はい！」

急に大きな声をだした上、前ぶれなく名前を呼んだあかりに、春輝は目を丸くしている。

（そういえば望月君は、『あか……早坂さん』って言ってたな）

くすぐったさを覚えながら、あかりは春輝をまっすぐに見やる。

「私と友だちになってください！」

しんと沈黙《ちんもく》が落ち、春輝はまばたきを繰《く》り返している。

あかりはその間も視線をそらさずに、じいっととび色の瞳《ひとみ》を見つめ続けた。

「いや、もう友だちだと思ってたんだけど……」

聞こえてきたのは、拍子抜《ひょうしぬ》けする答えだった。

あかりは全身から力が抜け、へたりと背もたれに体重を預けた。

もっと早く告げていたら、結末は違《ちが》っただろうか。

そんな考えがよぎったのは一瞬《いっしゅん》で、あかりはゆるゆると首をふる。

(いろんなことがあって、泣いたり、傷つけあったりして……それでもあきらめずに歩き続けてきたから、いまここに立っていられるんだ)


「え、何、友だちだと思ってたのって俺だけ？」

「ううん、ありがとう！」


ありったけの想《おも》いをこめて、あかりは告げた。

このつぼみが咲《さ》くことはなかったけれど、ムダになったわけじゃない。

新しく芽吹《めぶ》く花のための力になるはずだ。

(なんでかな。いますごく、望月君に会いたいな)

少しだけ距離《きょり》をあけて、駅までの坂道を降りていこう。

駅前の星屋に入って、お互いにオススメのケーキを半分こする。

そうやって、いつか——。

epilogue ♥ 〜エピローグ〜

一向に終わる様子のない優の話に、蒼太は相づちを打つのも忘れてしまう。

優の隣《となり》に座る夏樹は、正面に座るあかりとのおしゃべりに夢中だ。

（あかりんが、なつきの席に座ってたらなあ）

横から聞こえてくる会話にまざりたいと思いながら、残り少なくなったスープをのむ。蒼太はそろそろ器《うつわ》の底と対面を果たしそうだが、優の器にはまだ麵《めん》がのぞいている。

（はじめは隣ってことに浮《う》かれてたけど、よく考えたらマトモに顔も見られないし！）

かといって、いまさら席替《が》えしようと提案するのも気がひける。

自力で少しでも居心地《いごこち》をよくしようと、蒼太は優をにらみつけた。


「あのさ、優」

「でさ、化粧《けしょう》までしだしたんだよ。色気づいちゃって、ちょっと違和感《いわかん》っていうか……」

「へ、へえー」

優の迫力《はくりょく》にのまれ、蒼太はあっけなく相づち係に逆戻《ぎゃくもど》りした。

「かと思えば、俺のお気に入りのパーカーを部屋着にしちゃってくれてるんだよ。お下がりにも慣れっこになってるんだよな。あれ、完全に男物なのに」

「へえー」

「……もちた、聞き流してない？」

「へえー」

しまったと思ったときには、優が蒼太のおでこに指をのばしていた。

避《さ》ける間もなくデコピンをお見舞《みま》いされ、蒼太はさすがに抗議《こうぎ》する。

「言っておくけど、優が悪いんだからね？　延々、雛《ひな》の話してさー」

優の妹の雛は、桜丘高校の一年生だ。

蒼太たち幼なじみ組にとっても大事な妹で、とくに春輝は猫《ねこ》っかわいがりしている。

（まあ、ホンモノのお兄ちゃんには敵《かな》わないんだけど）

蒼太も雛の話を聞きたくないわけではないが、何事にも限度はある。

何より、せっかくあかりがいるのに、彼女としゃべれないなんてあんまりだ。

（仕方ない、はっきり言うしかないか……）

れんげを置き、蒼太はつとめて冷静に言う。


「あんまりうざいと、嫌《きら》われない？」

「いや、うざいのは向こう。俺が勉強してても、まとわりついてくるし」

即答《そくとう》だった。しかも、あっというまに雛の話に戻《もど》ってしまう。

（ダメだ、こりゃ……）


夏樹に「加勢を頼《たの》む」と視線を送るが、彼女も肩《かた》をすくめるばかりだ。

「私にも同じこと言ってたから、次は春輝の番だね」

「げっ！　そんなにショックだったの？　雛の化粧が？」

「優だって高校生になった途端《とたん》、買う雑誌が変わったり、美容室を変えたりしたのに、もう忘れちゃってるんだよ。虎太朗《こたろう》とか、いまちょうどそうだもん」

雛と同じく高校一年生の弟の名前をだし、夏樹がやれやれと首をふる。

蒼太にも身に覚えのある話で、たまらず苦笑いがこみあげてきた。

「ま、まあ、男にもいろいろあるんだよ」

「女子にもね。だから優も、雛ちゃんに彼氏でもできたんじゃないかって心配……」

「んなわけない！」

夏樹の発言を否定したのか、雛の彼氏の存在を否定したのか。

優は食い気味にさえぎり、「あいつに限ってそんな！」と頭を抱《かか》えている。


「女子の行動に理由なんてないのに、男は理由を求めるから恋《こい》を失うらしいよ」

「それも映画のセリフですか？」

もっともらしく言う蒼太だったが、あかりの無邪気《むじゃき》な質問の前に撃沈《げきちん》する。

「……は、はい。僕もまだ観《み》たことはないんですけど、シナリオの本に載《の》ってて……」


（調子に乗って言わなければよかった。ダサいって思われたよね？）

おっかなびっくり横を見ると、あかりはにこにこと笑っていた。

「そっか。じゃあ今度一緒《いっしょ》に観ませんか？」

「よ、よろこんで！」

ガッツポーズと共に叫《さけ》んだ蒼太に、優が訳知り顔で言う。

「大学生になったら、バイトは居酒屋で決定だな」

「あはは、優と春輝が入り浸《びた》りそうだね」

夏樹の弾《はず》んだ声を聞き、蒼太は反射的に優を見返してしまった。

気づいているはずなのに、優はこちらをまったく見ない。

その反応で、蒼太は確信する。

（……夏樹、春輝の留学のこと聞いてないんだ）

「それにしても、ここのラーメン美味《おい》しいね！」

「ね、美桜ちゃんと芹沢君もこられたらよかったのに」

素直《すなお》に残念がる二人を前にして、優も蒼太も押《お》し黙《だま》る。

留学のことも、春輝と美桜がここにいない理由も、二人は知らない。

いや、美桜も知らされないままなのかもしれなかった。

何が正しいのかは、蒼太にはわからない。

だが、親友の恋を応援《おうえん》する気持ちはほんものだった。

(がんばれ、春輝……！)


心の中でエールを送っていると、ふっと視界の端《はし》で黒髪《くろかみ》が揺《ゆ》れた。

「それで望月君、いつ一緒に映画に行きましょうか？」

あかりに顔をのぞきこまれ、上目遣《うわめづか》いの破壊《はかい》力に蒼太は呼吸が止まった。

(かわいい！　ずるい！　でも、そこがいい！　っていうか……)


「えっ？　一緒に、いつ、映画？」

「……ごめんなさい、さっきの冗談《じょうだん》でした？」

しゅんと肩を落とすあかりに、蒼太は慌《あわ》てて首をふる。

「ちが、違《ちが》います！　本気です、めちゃくちゃ本気です……っ」

「なんだ、よかった」

あかりに笑顔《えがお》が戻ってほっとするが、外野の二人が肩を震《ふる》わせているのが気にいらない。必死すぎる蒼太の返事に、夏樹と優が笑いをこらえているようだ。

（せいぜい笑うがいいさ！　ただし、声はださないでよね）

心の中で注文を付け、蒼太は二人をじろりとにらむ。

それだけで幼なじみたちにはきちんと伝わり、二人とも親指を立てて目配せしてくる。

（そういうジェスチャーもいらないから！　あかりんが変に思うじゃん）

心配になって隣《となり》の様子をうかがうと、あかりはカバンの中を探《さぐ》っているところだった。

「あ、あった。予定、決めちゃいましょう」

言いながら、あかりはケータイをテーブルの上に置く。そして華奢《きゃしゃ》な指で操作しながら、スケジュールを確認《かくにん》しだした。

（……あかりんこそ、社交辞令じゃなかったんだ）

夢じゃないだろうかと頬《ほお》をつねると、痛みとうれし涙《なみだ》がこみあげてくる。

「そ、そうだ！　週末に駅前の映画館で、ラブコメだけを集めた上映会があるんです。まだチケットも残ってたと思うので、どうですか？」

あかりは少し考え、こてんと首を横に傾《かたむ》けた。

「……ラブコメだけは、ヤです」

「えええ⁉」

蒼太の悲痛な声が、店内にこだました。

あかりはくすくす笑っていて、優と夏樹は「あーあ」と額に手を当てている。

（……僕って、いつまでヘタレなんだろう）

ははは乾《かわ》いた笑いがでたとき、肩をちょんっと突《つつ》く感触《かんしょく》に気づく。

「日曜日のお昼なら、いいですよ」

こそっと耳打ちされ、蒼太はパアッと表情を輝《かがや》かせる。

「あ、あかりん！　大好きだ！」


一日の最後におしゃべりをしたい人が、きっと恋人《こいびと》にしたい人だ。

蒼太は大好きな映画のセリフを思い浮《う》かべながら、自分にそんな人が見つかったしあわせを嚙《か》みしめる。片想《かたおも》いはつらくて涙ばかりだけど、それでも好きだという気持ちが自分に生まれたことがうれしかったのだ。

（いつか、あかりんが一日の最後に思い浮かべる相手が、僕になったらいいな）

あかりのケータイに入力された「デート」という文字を、蒼太が知る日はまだ先だ。

二人の想いが重なるまで、あと――。

The end

HoneyWorksメンバーコメント!

Comments

Gom

ボクじゃ
ダメでしか？

ヤキモチ
桃の香り

ゴム

ヤキモチの答え小説化ありがとうございます!!
男の子のヤキモチをテーマに
学生時代を振り返りながら
作曲しました。
小説も共感して読んでもらえ
たらうれしいです。

shito

小説化ありがとうございます!!
描くのがとても楽しい2人です。
ヤキモチ焼きと天然ちゃんのやりとりに
ドキドキしてもらえると嬉しいです!!
ケーキが食べたい…!!
ヤマコ

HoneyWorksのギター担当、海賊王ことOjiです。
小説の中にあるような、恋愛を
何度寝て…夢見たか…笑
これを読んでたくさん
キュンキュンする恋愛をして下さい！

Oji

ヤキモチの答え 小説化ありがとうございます!!
もちたとあかりちゃんにたくさん
きゅんきゅんしていって下さい!!
ジョニーも小説出ないかなぁ…

ろこる

ろこる

Who's next?
MILK

BEANS BUNKO

「告白予行練習　ヤキモチの答え」の感想をお寄せください。
おたよりのあて先
〒102-8177　東京都千代田区富士見2-13-3
株式会社KADOKAWA　角川ビーンズ文庫編集部気付
「HoneyWorks」・「藤谷燈子」先生・「ヤマコ」先生
また、編集部へのご意見ご希望は、同じ住所で「ビーンズ文庫編集部」
までお寄せください。

告白《こくはく》予《よ》行練習《こうれんしゅう》

ヤキモチの答《こた》え

原案／HoneyWorks　著／藤谷燈子《ふじたにとうこ》

角川ビーンズ文庫　18592

平成26年6月1日　初版発行
令和3年2月25日　32版発行

発行者――――青柳昌行
発　行――――株式会社KADOKAWA
〒102-8177　東京都千代田区富士見2-13-3
電話 0570-002-301（ナビダイヤル）
印刷所――――旭印刷株式会社
製本所――――株式会社ビルディング・ブックセンター
装幀者――――micro fish

●お問い合わせ
https://www.kadokawa.co.jp/（「お問い合わせ」へお進みください）
※内容によっては、お答えできない場合があります。
※サポートは日本国内のみとさせていただきます。
※Japanese text only

ISBN978-4-04-101577-3C0193 定価はカバーに表示してあります。

◇◇◇

角川ビーンズ文庫
スキキライ
超人気!!
キュンキュンボカロ曲制作チーム♪
HoneyWorks楽曲が
物語となって登場!!
原案/HoneyWorks
著/藤谷燈子
イラスト/ヤマコ
大好評発売中!!
illustration by Yamako
© Crypton Future Media, INC. www.piapro.net piapro

原案／HoneyWorks
著／藤谷燈子
イラスト／ヤマコ
告白予行練習
初恋の絵本
残り10cmの勇気があったなら――
美桜と春輝、すれちがう二人の想いは――!?
ハニワの胸キュン楽曲、小説化！
「告白予行練習」に続く、シリーズ第3弾!!

●角川ビーンズ文庫●

第18回
角川ビーンズ小説大賞
原稿募集中！
カクヨムからも応募できます！
ここが「作家」の第一歩！
賞金
大賞100万円
優秀賞 30万円
奨励賞 20万円
読者賞 10万円
締切
郵 送：2019年3月31日（当日消印有効）
WEB：2019年3月31日（23：59まで）
発表
2019年9月発表（予定）
応募の詳細は角川ビーンズ文庫公式HPで随時お知らせいたします。
https://beans.kadokawa.co.jp/
イラスト／たま